10分で読めるお話

3年生

[選者]
日本児童文芸家協会元理事長
岡 信子
日本児童文学者協会元会長
木暮正夫

Gakken

もくじ

10分で読めるお話 3年生

お話《はなし》を読《よ》む前《まえ》に

日本児童文芸家協会元理事長
岡《おか》　信子《のぶこ》

　この本には、三年生のみなさんに、ぜひ、読《よ》んでもらいたいお話《はなし》を集《あつ》めました。日本のお話《はなし》が六話《わ》、外国《がいこく》のお話《はなし》が四話《わ》、詩《し》が二編《へん》おさめられています。

　お話《はなし》は、「朝《あさ》の読書《どくしょ》」にぴったりの、十分《ぷん》ほどの短《みじか》い時間《じかん》で、楽《たの》しく読《よ》めることを考《かんが》えてえらびました。もちろん、十分以内《ぷんいない》で読《よ》めなくてもかまいません。

　この本には、かつやく中の現代作家《げんだいさっか》の読《よ》みごたえあるお話《はなし》のほかに、むかしの作家《さっか》の作品《さくひん》もとりあげました。いまは、使《つか》われない表現《ひょうげん》などが見られますが、ぜひ、むかしの文学を味《あじ》わい楽《たの》しんでください。外国《がいこく》のお話《はなし》では、名作《めいさく》として名高《なだか》い『シートン動物記《どうぶつき》』から一話《わ》と、めずらしい旧《きゅう》ユーゴスラビアにつたわるお話《はなし》もえらんでみました。お話《はなし》の中で、主人公《しゅじんこう》とともにいろんな体験《たいけん》をしたり、ぼうけんやたんけんなど未知《みち》の世界《せかい》を旅《たび》してください。おもしろいお話《はなし》を読《よ》むと、わくわくして、明《あか》るい気持《きも》ちになり、ゆたかな心《こころ》が育《そだ》ちます。

正体《しょうたい》を見やぶろうと、人に化《ば》けたきつねのあとを、どこまでもついていく男の子のお話《はなし》。

小学生ときつね

作《さく》・武者小路実篤《むしゃのこうじさねあつ》

絵《え》・清重伸之《きよしげのぶゆき》

いなかの小学校の生徒《せいと》が学校へ行《い》こうと思《おも》って野《の》を歩《ある》いていると、一ぴきのきつねが遠《とお》くにいるのを見た。そのきつねがなにかしきりと前《まえ》あしで顔《かお》をこすっているかと思《おも》うと、なにか草の葉《は》を頭《あたま》にのっけて、ちゅう返《がえ》りのようなことをした。すると一人の百しょうに化《ば》けた。そして生徒《せいと》の方《ほう》にやってきた。生徒《せいと》はきつねに化《ば》かされたまねしてさ

かさまにきつねを化《ば》かしてやろうと思《おも》った。それできつねが来《く》ると、

「こんにちは。」

と、生徒《せいと》のほうから声《こえ》かけた。

「こんにちは。」

と、そのきつねもこたえた。

うまく化《ば》けたなと生徒《せいと》は思《おも》った。そして行《い》きすぎてからふりかえってみると百しょうに化《ば》けたきつねは、平気《へいき》な顔《かお》してどんどん町の方《ほう》へ行《い》くらしかった。

生徒《せいと》はそこで心配《しんぱい》になった。自分《じぶん》の家《いえ》にでも出かけていってにわとりでもさらっていきはしないか、お母《かあ》さんでもだましてあぶない目にあわせはしないか。そんなことがしきりと気になりだした。

それで学校に行《い》くのをやめて、きつねのあとをそっとつけていっ

た。

きつねは気がつかないように歩《ある》いていった。生徒《せいと》はきつねが自分《じぶん》の家《いえ》の方《ほう》に行《い》かずに、町の方《ほう》へ曲《ま》がっていったのを見た。それで安心《あんしん》はしたが、きつねがいったいどういうふうに人を化《ば》かすか見たくなった。それで学校へ行《い》くのをいよいよやめてあとをついていった。

きつねは町をどんどん歩《ある》いていった。そして行《い》きあう人にあいさつした。

「あれはきつねですよ。うまく化《ば》けましたね。」

生徒《せいと》は会《あ》う人ごとに言《い》った。しかしみんなあまりおどろくようにも見えなかった。そんなことはどうでもいい、自分《じぶん》にはしなければならないことがあるというような顔《かお》していた。生徒《せいと》ははりあいがないように思《おも》ったが、自分《じぶん》がきつねの正体《しょうたい》を見やぶったことがうれし

くってしかたがなかった。そしてじまんがしたくってしかたがなかった。

あのきつねをきつねだとほんとうに知《し》っているのは自分《じぶん》だけだ。

きつねにだまされる人はあるが、自分《じぶん》のようにきつねをだました人はあるまい。自分《じぶん》はどうしてこうりこうなのだろうと思《おも》った。

向《む》こうからかれの友《とも》だちが来《き》た。きつねとなにか話《はな》してやってきた。

「いま、きみの話《はな》していたのはきつねだよ。」

「そんなことがあるものか。」

「ぼくはちゃんと化《ば》けるところを見たのだ。」

「だって人間《にんげん》じゃないか。」

「しっぽがきみには見えないのか。」

「見えない。それよりきみはいったいどこへ行《い》くのだ。もうおそいよ。」

「ぼくは学校へ行《い》くのはやめたのだ。あのきつねのやつを見はって、悪《わる》いことができないようにしてやらなければならないから。」

「そうか、それでは*しっけいするよ。」

「きみもひとついっしょにつけていかないか、おもしろいよ、きっと。」

「きみ、それよりきつねに化《ば》かされないようにしたまえ。」

「だいじょうぶだよ、それならしっけい、それならみんなによろしく言《い》ってくれたまえ。あしたおもしろい話《はなし》をしてやるから。」

かれは友《とも》だちにわかれてから、きつねを見うしなうとたいへんだと思《おも》ってかけだした。きつねは平気《へいき》で歩《ある》いていった。そして鳥居《とりい》の前《まえ》に立ちどまって、なにか見ていたが、そのまま歩《ある》いていった。

「にわとりを、とろうと思《おも》ったのだな。とらしてやるものか。おれがついている。」

きつねはなにか考《かんが》えているらしかったが、*かし屋《や》に入った。それで生徒《せいと》はあわててかし屋《や》に入った。きつねはすまして木《こ》の葉《は》を出してかしを買《か》っていた。

「それは木《こ》の葉《は》だよ。きつね、いいかげんにしないとしょうちしないぞ。」

きつねは聞《き》こえないまねをして出かけていった。

「いまのはきつねですか。」

「そうさ、きみしっかりしたまえ、これはお金じゃなくって木《こ》の葉《は》だぜ。」

「そうですか、わたしには金としか思《おも》えませんが。」

たたいてみて、

「やっぱり金ですよ。音がします。」

「ばかだね、きみは。」

＊しっけい…しつれい。人とわかれるときのあいさつ。＊かし屋《や》…おかしを売《う》っている店《みせ》。

生徒《せいと》はふきだした。しかしきつねのことが気になるので店《みせ》をとびだした。そして一人でわらった。世間《せけん》のやつはばかだな。きつねのやつ、おれを見たらびっくりしてにげていった。

きつねはまたとうふ屋《や》によって油《あぶら》あげを買《か》っていた。

「まだきみはだまそうとしているのだね。」

生徒《せいと》はなれなれしくわざと言《い》った。

きつねはだまってまた木《こ》の葉《は》を出した。

「きみ、これは木《こ》の葉《は》だぜ。」

かれはそれをうばって、投《な》げすてた。

「なにをするのです。もったいない。」

とうふ屋《や》の主人《しゅじん》はあわててそれを拾《ひろ》った。そのうちにきつねは油《あぶら》あげを持《も》って出ていった。

「いまのはきつねだぜ。」

「そんなことがあるものですか。」

かれはこうろん*したく思《おも》ったが、それよりきつねのほうが気になった。それでそこをとびだした。

きつねはどんどん歩《ある》いていった。かれも負《ま》けずに歩《ある》いていった。

しばらく行《い》くと、きつねは向《む》こうから来《く》るかわいい女の子となにか話《はな》しだした。そしてつれだって歩《ある》きだした。

生徒《せいと》はもうがまんができないと思《おも》った。それで、

「このきつねめ、なにをするのだ。」

と、言《い》ってそこに落《お》ちていたぼうを持《も》って追《お》いかけた。

きつねは女の子と二人であわててにげた。

「にがすものか。それはきつねですよ。きつねですよ。だまされて

*こうろん…言《い》いあらそうこと。

はいけません。」

と言《い》った。しかし女の子はきつねに手を引《ひ》かれてかけていった。足が速《はや》いので、かれはむちゅうにかけたが、なかなか追《お》いつけなかった。そのうちきつねは女の子をつきはなしてにげていった。

かれは女の子のところへ行《い》ったが、女の子は見えなかった。おかしいと思《おも》って、見回《みまわ》したが、だれも見えなかった。そればかりではなかった。かれは山の中に一人で立っていた。このとき、山の中から声《こえ》がした。

「遠《とお》いところをご苦労《くろう》さん。あなたは木のかぶとしきりと話《はなし》をしていましたね。あなたの友《とも》だちだと思《おも》ったのはかかしでしたよ。あなたのかかしと話《はな》しているふうはずいぶん見物《みもの》でした。あまりひとの世話《せわ》をやかずに、自分《じぶん》の世話《せわ》をおやきなさい。あなたよりは

もっとかしこい者《もの》はいくらでもいます。あんまりとくいにならずに、自分《じぶん》ほどばかな者《もの》はないと思《おも》って勉強《べんきょう》して、りっぱな人間《にんげん》におなりなさい。悪者《わるもの》にあまりかかわると、あなたのほうがそんをしますよ。あなたをだますくらいは、わけないのですからね。さよなら。」

生徒《せいと》は家《いえ》に帰《かえ》るまでにはずいぶんほねがおれた。いまにもなきそうな顔《かお》をしてやっと家《いえ》に帰《かえ》った。そしてきつねにだまされたことはだれにも話《はな》さなかった。しかし、そののちは悪者《わるもの》にはなるたけ関係《かんけい》しないようにして、自分《じぶん》をかしこくするようにほねをおった。

武者小路実篤（むしゃのこうじさねあつ）　一八八五年東京に生まれる。明治・大正・昭和時代の小説家・劇作家。小説に『お目出たき人』『友情』『真理先生』、戯曲に『その妹』などがある。一九七六年没。

出典：『日本児童文学集成：第２期　新選日本児童文学』所収　小峰書店　1959年

おじいさんのバイオリンが、ふしぎな運命《うんめい》をたどるお話《はなし》。

ふしぎなバイオリン

作《さく》・小川未明《おがわみめい》

絵《え》・アンヴィル奈宝子《なほこ》

一

いつも、橋《はし》の上に立っているおじいさんのバイオリンひきがあります。

おじいさんがバイオリンをひくと、通《とお》る人たちはみんな、足を止《と》めてききいりました。よろこびの歌《うた》をひくと、人たちもおもしろそうにおどりだしました。悲《かな》しい歌《うた》をひくと、みんなは悲《かな》しくなりました。

「おじいさんはうまいな。」

と、みんなは口ぐちに言《い》いました。

「いや、わたしがうまいのではありません。このバイオリンにたましいが、あるからです。」

と、おじいさんがこたえました。

「どんなたましいがあるのですか。」

と、みんなはききました。

「このバイオリンは、わたしのごせんぞのころからあるバイオリンで、わたしのうちは代《だい》だいこのバイオリンをひきました。」

「ああ、それでこんなにいい音色《ねいろ》が出るのかなあ。」

と、みんなは感心《かんしん》しました。そして、

「もうひとつ、ひいてきかせておくれ。」

とたのみました。

「ゆかいになるのをひきましょう。」

と言《い》って、おじいさんはバイオリンをひきはじめました。

すると、そこにいた赤い毛《け》の大きな犬が、わんわんと鳴《な》いて、おどりだしました。

「やあ、おもしろいな。犬がおどりだしたよ。」

と、人びとは手をたたきました。

「どこの犬だろう？」

「宿《やど》なし犬らしい。」

「ポチですよ。」

「ポチって、どこの犬ですか。」

「おじいさんのかわいがっている犬ですよ。この犬は、おうちがありません。バイオリンがすきで、いつもここに来《き》て、おじいさんのバイオリンをきいているのです。」

と、正《しょう》ちゃんが言《い》いました。

二

「おじいさん、もっとおもしろい歌《うた》をひいてごらん。ポチがおどりだすから。」

おじいさんは、おもしろい歌《うた》をひきました。くんくん、わんわんいって、ポチはふいにおじいさんにとびつきました。びっくりしておじいさんは、持《も》っているバイオリンをはなすと、バイオリンは橋《はし》の手すりからすべって、下の川の中に落《お》ちました。

「さあ、たいへんだ。おじいさんのだいじなバイオリンが、川の中へ落《お》ちた。」

と言《い》って、人びとはかけだしました。

正《しょう》ちゃんも一生けんめいに、川のふちを追《お》いかけました。けれど、バイオリンは見つかりませんでした。人びとは、

「こののら犬がとびついたから、悪《わる》いのだ。」

と、犬をしかりました。

そうして、もっと犬をひどいめにあわせてやろうと言《い》いました。これを聞《き》いたおじいさんは、だいじなバイオリンをなくした悲《かな》しいこともわすれて、

「この犬のせいではありません。犬はなんにも知《し》らぬ。犬が悪《わる》いのではないから、いじめないでください。」

と言《い》いました。

そこへ、正《しょう》ちゃんがもどってきて、

「おじいさん、こまりましたね。」

と言《い》いました。

「はい、ありがとうございます。ぼっちゃんはやさしいから、どうかこの犬をかわいがってやってくださいませんか。」

と、おじいさんはたのみました。

「おじいさんはどうしますか。」

と、正《しょう》ちゃんはたずねました。

「わたしは、もうここにはまいりません。」

と言《い》って、おじいさんはとぼとぼと立ちさりました。

三

おじいさんのバイオリンは、下の川にうかんでいる船《ふね》の上に落《お》ちました。その船《ふね》には、父親《ちちおや》と女の子がさびしいくらしをしていました。朝起《あさお》きてみると、ふしぎなものがあります。女の子がききました。

「お父《とう》さん、この糸にさわると、いい音がしますが、なんでしょうか。」

「バイオリンとかいうものだ。だれか役《やく》に立たなくなって、すてたのだろう。」

と、父親《ちちおや》は船《ふね》のろをおしながら、こたえました。

夜《よる》になると、おじいさんのだいじにしていたバイオリンは、さわらないのに、悲《かな》しそうな音をたてました。目をさました女の子になきだしました。

「なんでなくのだ？　なに、バイオリンがふしぎな音をたてた？」

父親《ちちおや》は耳をすましました。けれど、なんの音もしませんでした。

女の子は夜《よ》が明《あ》けてもおそろしがって、バイオリンにさわりませんでした。

「お父《とう》さん、このバイオリンを、どっかへやっておくれよ。」

と言《い》いました。

「おまえは、ゆめを見たのだ。」

と、父親《ちちおや》はわらいました。

「いいえ、ゆめではありません。ほんとうにバイオリンが鳴《な》りました。」

そのとき、ちょうど船《ふね》は海《うみ》に出ていました。

「そんなら、海《うみ》へすててしまえ。」

と、父親《ちちおや》は言《い》って、バイオリンを海《うみ》の中へ投《な》げこみました。

たちまち、波《なみ》がバイオリンをさらっていきました。向《む》こうから、なにか黒《くろ》いものがとんできました。

四

とんできた黒《くろ》いものは、大きなたかでした。たかはバイオリンをくわえると、空高《たか》くまいのぼりました。そうして、あちらの森の方《ほう》へとんでいきました。たかは八幡様《はちまんさま》の森に来《き》てとまりました。風《かぜ》がふくと、高《たか》いすぎの木の上からバイオリンの音がきこえました。

八幡様《はちまんさま》のお祭《まつ》りで、人がたくさん出ていました。おおぜいの人が、

「はてな、ふしぎな音がするぞ。」

と、木の下に集《あつ》まりました。

正《しょう》ちゃんは花子《はなこ》さんと、ポチをつれて、おまいりに来《き》ました。

バイオリンの音をきくと、ポチがほえました。

「あれは、おじいさんのバイオリンだ。」

と、正《しょう》ちゃんが言《い》いました。

「ほんとうだわ。」

と、花子《はなこ》さんも言《い》いました。

「そういえば、橋《はし》の上でおじいさんのひいていたバイオリンの音《ね》だ。」

と、きいていた人びとが言《い》いました。

「どうして、あんな木の上からきこえるのでしょう？」

と、花子《はなこ》さんがききました。

「鳥《とり》がくわえてきたのだ。」

「たぶん、大きな鳥《とり》にちがいない。」

と、みんなが口ぐちに言《い》いました。

「ぼく、おじいさんにバイオリンを持《も》っていってあげよう。」

と、正《しょう》ちゃんは木に登《のぼ》ろうとしました。それは高《たか》いすぎの木でした。

「正《しょう》ちゃん、落《お》っこちるとあぶないわよ。」

と、花子《はなこ》さんが止《と》めました。

ポチは上を見てほえつづけました。このとき、だれか来《き》て、正《しょう》ちゃんのかたをたたきました。

「あぶないから、およしなさい。上におそろしいたかがいます。」

と言《い》いました。

五

正《しょう》ちゃんのかたをたたいたのは、八幡様《はちまんさま》のお祭《まつ》りに来《き》ていた曲馬《きょくば》*団《だん》の親方《おやかた》でした。

「いま、わたしがあのたかを、追《お》いはらってあげます。」

と言《い》って、こしからピストルを取《と》りだしました。

「おじさん、たまが入っているの？」

「いいえ、入っていません。けれど、この音を聞《き》いたら、きっとにげますよ。」

親方《おやかた》は、木の上をねらって、どん！　とうちました。はたして、たかはおどろいて、にげていきました。

「どれ、わたしが登《のぼ》っていって、バイオリンを取《と》ってきてあげま

*曲馬団《きょくばだん》…サーカス。

しょう。」

と、親方《おやかた》は木に登《のぼ》っていきました。そうしてバイオリンを持《も》っておりてくると、ポチがよろこんでとびつきました。

「ポチ、待《ま》てよ。」

と、正《しょう》ちゃんがポチに言《い》いました。

「これは、おじいさんのバイオリンよ。」

と、花子《はなこ》さんが言《い》いました。

「そうだ、おじいさんのバイオリンだ。」

人びとも言《い》いました。

「わしもこのバイオリンに見おぼえがある。」

と、親方《おやかた》が首《くび》をかしげました。

「じゃ、このポチを知《し》っていますか。」

と、花子《はなこ》さんは親方《おやかた》にききました。

「この犬は知《し》りません。けれど、そのおじいさんはわたしのさがしているお父《とう》さんです。どこにいるか、どうぞ教《おし》えてください。」

と、親方《おやかた》は目からなみだをこぼしました。

「あのおじいさんは、あなたのお父《とう》さんですか。」

と、人びとはおどろきました。

みんなのおかげでおじいさんは、だいじなバイオリンが返《かえ》ってきたばかりでなく、ひとり息子《むすこ》に出会《であ》って、たいへん幸《しあわ》せとなりました。

小川未明（おがわみめい） 一八八二年新潟県に生まれる。小説家・童話作家。童話を文学として確立した先駆者の一人。主な童話作品に『赤いろうそくと人魚』『月夜と眼鏡』『牛女』『青空の下の原っぱ』などがある。一九六一年没。

出典：『定本小川未明童話全集』所収　講談社　1976年

ひととひと

やあ　やあ　と
てとてを　にぎりあう
であいの　あいさつ

あたたかな　て
にんげんどうしの　て

それじゃあね　と
てとてを　にぎりあう
わかれの　あいさつ

作《さく》・桜井《さくらい》信夫《のぶお》

絵《え》・山西《やまにし》ゲンイチ

ひととひと

おもいをこめた　て
ちがかよいあう　て

桜井信夫（さくらいのぶお） 1931年東京に生まれる。主な詩集に『蒼碧』『ピエロ』『雪と乳房』、児童書に『ぼくはロボットパン』『やぎのゆきちゃん』『ゆきむすめ』などがある。2010年没。

出典：『おならぷうっのうた』所収　文溪堂　1994年

けがをさせてしまったおじいさんに、なによりもたいせつなものをおくる、少年《しょうねん》のお話《はなし》。

愛《あい》のおくりもの

原作《げんさく》・エドモンド・デ・アミーチス　文・上山智子《かみやまともこ》

絵《え》・かりやぞののり子《こ》

雪《ゆき》が、ひっきりなしにふっている日のことでした。

学校からの帰《かえ》り道《みち》、大通《おおどお》りを出たところで、ガロッフィは、クラスの友《とも》だちと雪合戦《ゆきがっせん》を始《はじ》めました。

石のようにかたく丸《まる》めた雪《ゆき》の玉を作《つく》って、力いっぱい投《な》げているので、歩《ある》いている人に当《あ》たってしまいそうです。

おおぜいの人が、歩道《ほどう》を通《とお》っていました。

「こらっ、あぶないぞっ、やめないかっ」

たまりかねて、一人の男の人がどなりました。

ところが、ちょうどそのとき、通《とお》りの反対側《はんたいがわ》で、

「あっ、いたい！」

というさけび声《ごえ》がしました。

一人のおじいさんが、よろめきながら両手《りょうて》で顔《かお》をおおっています。

雪《ゆき》の玉がかた方《ほう》の目に当《あ》たってしまったのです。

すぐにたくさんの人が、おじいさんのところにかけよりました。

「だいじょうぶですか！」

「お気のどくに。」

集《あつ》まった人たちは、すっとんだぼうしやこわれためがねを拾《ひろ》い、
おじいさんをだきおこしました。

「だれだ。雪《ゆき》の玉を投《な》げたのは。」

「ひどいことをする！」

そのうちに、おまわりさんもやってきて、大さわぎになりました。

「めがねのガラスが目につきささってしまったぞ。だれが、ぶつけたんだ！」

大人《おとな》たちの中には、子どもたちの手がぬれていないか、調《しら》べる人まであらわれました。

そのたいへんなようすを、ものかげにかくれて、ガロッフィは見ていました。

ガロッフィは、真《ま》っ青《さお》な顔《かお》をして、ぶるぶるふるえていました。

自分《じぶん》が投《な》げた雪《ゆき》の玉が、おじいさんに当《あ》たってしまったのです。

友《とも》だちのガルローネがそれに気がついて、顔《かお》をのぞきこんでひくい声《こえ》で言《い》いました。

「名乗《なの》り出ろよ。だれかほかの者《もの》がつかまったりしたらたいへんだ。」

「でも、ぼく、わざとしたんじゃあないんだもの。」

ガロッフィは、ふるえ声《ごえ》でこたえました。

「わざとじゃなくても、きちんとあやまるべきだ。」

ガルローネは、くりかえし言《い》いました。ガルローネは、友《とも》だち思《おも》いの正義感《せいぎかん》の強《つよ》い、やさしい子でした。

「ぼく、勇気《ゆうき》がない。」

「勇気《ゆうき》を出すんだ。ぼくがいっしょについていくから、さあ、来《き》たまえ。」

ガルローネは、ガロッフィのうでをとると、おじいさんのそばにつれていきました。

「ぼくです。でも、わざとしたんじゃありません。」

ガロッフィは、すすりないて言《い》いました。

「おじいさんにあやまるんだ。」

「おわびしろ。」

人びとは、口ぐちにガロッフィをせめました。

ガルローネは、人びとからガロッフィを守《まも》って、ずっとそばについていました。

ガロッフィは、わっとなきくずれて、おじいさんのひざをだきました。

おじいさんは、ガロッフィの頭《あたま》を手でさぐりあてて、かみの毛《け》をなでました。

「もういい。さあ、自分《じぶん》のうちにお帰《かえ》り。」

しばらくして、ガロッフィは、おじいさんの家《いえ》におみまいに行《い》きました。

げんかんのベルをおしたものの、ガロッフィはドアの外《そと》に立ったまま、中へ入る勇気《ゆうき》が出ませんでした。

おじいさんのおくさんにうながされて、ガロッフィはおずおずとベッドのそばに歩《あゆ》みよりました。

「ガロッフィ、よく来《き》てくれたね。目はよくなっているから安心《あんしん》しておくれ。」

おじいさんは、ガロッフィの頭《あたま》をやさしくなでました。ガロッフィは口もきけずにうなだれていました。

「もうなおったも同《おな》じだから、心配《しんぱい》しなくていいんだよ。」

おじいさんが重《かさ》ねて言《い》うと、ガロッフィは、マントの下からなに

かを取《と》りだして、

「はい、これをおじいさんに。」

と、早口で言《い》って、部屋《へや》をとびだしていきました。

ガロッフィがおいていったのは、ガロッフィのたから物《もの》、切手帳《きってちょう》でした。

ガロッフィは、世界《せかい》の国《くに》ぐにのすてきな切手《きって》を集《あつ》めていたのです。この切手帳《きってちょう》は、ガロッフィにとって、命《いのち》の次《つぎ》にたいせつなものでした。それを、ゆるしてもらったお礼《れい》におじいさんにおくったのです。

そのあと、ガロッフィには、ものすごくうれしいことが起《お》こりました。

目がすっかりよくなったおじいさんが、

「おみまいに来《き》てくれたお礼《れい》だよ。」

と言《い》って、切手帳《きってちょう》を返《かえ》してくれたのです。それもなんと、ずっとほしくてさがしていたグアテマラ*の切手《きって》が三まいもはってあったのです。

「ありがとう！　おじいさん。」

ガロッフィは、切手帳《きってちょう》をだきしめました。ガロッフィにとって、それは最高《さいこう》のおくりものでした。

ガロッフィは、さっそく友《とも》だちのガルローネに切手帳《きってちょう》を見せよう、と思《おも》いました。

「あのとき、ガルローネがそばにいてくれたから、ぼくは勇気《ゆうき》を出すことができたんだ。」

強《つよ》く、それでいて、とてもやさしいガルローネから、勇気《ゆうき》をも

*グアテマラ…中央《ちゅうおう》アメリカの北部《ほくぶ》にある国《くに》。

らったのです。

「ほんとにいい友《とも》だちだ。」

と、ガロッフィは心《こころ》からそう思《おも》うのでした。


エドモンド・デ・アミーチス　一八四六年イタリアに生まれる。主な作品に『クオレ』がある。一九〇八年没。

上山智子（かみやまともこ）　東京に生まれる。主な作品に『リンリンぼくのじてんしゃ』、共著に『いたずらがきしたのはだれ？』などがある。

生まれたばかりのうさぎの子が、たくさんのおどろくことに出会《であ》いながら育《そだ》っていくお話《はなし》。

ぎざ耳うさぎ

原作《げんさく》・アーネスト・トンプソン・シートン　文・高橋《たかはし》　健《けん》

絵《え》・あべ弘士《ひろし》

生まれてはじめてのぼうけん

オリファントじいさんの牧《ぼく》場《じょう》つづきに、ほったらかしの草《くさ》っ原《ぱら》がありました。

その草《くさ》っ原《ぱら》の真《ま》ん中《なか》に、小さな池《いけ》があって、オリファント沼《ぬま》とよばれていました。

うさぎの「ぎざ耳ぼうや」は、その草《くさ》っ原《ぱら》に、お母《かあ》さんうさぎといっしょにすんでいました。

ぎざ耳ぼうやのかたっぽうの耳は、ぎざぎざにちぎれていたので、みんなは、そうよんでいました。

その耳のきずは、生まれて三週間《しゅうかん》ほどたったときに、受《う》けたものです。そのときのことは、いまでも、ぎざ耳ぼうやは、はっきりとおぼえています。

あれは、春《はる》になったばかりの、あたたかい昼下《ひるさ》がりのことでした。お母《かあ》さんうさぎは、子うさぎをかれ草のしげみにかくして、出かけました。

「どんなことがあっても、首《くび》を出したりしては、いけませんよ。」

子うさぎは、お母《かあ》さんの言《い》いつけを守《まも》って、かれ葉《は》のふとんの上で、じっとしていました。

すぐそばで、おせっかいやのかけすとりすが、大げんかをしていても、鼻先《はなさき》で、小鳥《ことり》がちょうをぱくりと食《た》べても、けっして、動《うご》いたりしませんでした。葉《は》っぱの上からてんとうむしが、子うさぎの大きな耳をつたって、顔《かお》まではってきても、じっとがまんして、動《うご》きませんでした。

こうして子うさぎは、お母《かあ》さんの帰《かえ》ってくるのを、待《ま》っていました。

すると、しばらくして、近《ちか》くのしげみから、葉《は》っぱのすれるようなへんな音がしました。

音はあっちへ行《い》ったり、こっちへ来《き》たり、大きくなったり、小さくなったりしました。

子うさぎは、用心深《ようじんぶか》く、きき耳を立てていましたが、がまんしき

＊かけす…全長《ぜんちょう》三十～三十五センチ。ほかの鳥《とり》の声《こえ》をまねる。

れなくなって、ほんの少《すこ》し、首《くび》を出してみました。

「あれっ。」

いきなり、目の前《まえ》に、黒《くろ》い生きものが、とびだしてきたのです。

「わあっ、助《たす》けて！」

あわてて、首《くび》をひっこめましたが、その生きものは、子うさぎめがけてとびかかってきました。

それは、大きな黒《くろ》いへびでした。

へびは、あっという間《ま》に、子うさぎのかたっぽうの耳に、しっかり、かみついていました。

「いたいよ――っ、お母《かあ》さあん。」

黒《くろ》いへびは、子うさぎをぐるぐるまきにしてしまいました。

「お母《かあ》さあん、助《たす》けてえっ。」

そのときです。草っ原《くさっぱら》をまっしぐらにかけぬけて、うさぎがとんできました。それは、お母《かあ》さんうさぎでしたが、いつものやさしいうさぎではありません。

へびの上にとびかかると、あとあしで強《つよ》くけとばしました。

黒《くろ》いへびは、よろけるように、からだをくねらせていましたが、それでも、子うさぎを放《はな》しません。

「苦《くる》しいよ、お母《かあ》さん！」

それを聞《き》くと、お母《かあ》さんうさぎは、勇気《ゆうき》をふるいたたせました。

そして、何度《なんど》もとびあがっては、へびをけとばしました。

さすがの黒《くろ》いへびも、とうとう、子うさぎを放《はな》しました。

子うさぎは、こうして助《たす》かったのですが、耳には、けっして消《き》えない目印《めじるし》のきずが、ついてしまったのです。

石のように動《うご》かないこと

ぎざ耳ぼうやは、だんだん大きくなっていきました。お母《かあ》さんうさぎは、まずきけんがせまったときには、からだをふせて石のように動《うご》かないことを教《おし》えました。

ぎざ耳ぼうやは、りこうな子うさぎだったので、なんでもすぐに、おぼえました。

そのころ、こまったことに、オリファント沼《ぬま》の向《む》こう岸《ぎし》に、一ぴきの悪《わる》がしこいきつねが、すんでいました。そしてきつねは、ときどきこっちがわまでやってきて、うさぎのにおいをかぎまわるのでした。

きつねが散歩《さんぽ》にやってくると、ねずみも、りすも、それに小鳥《ことり》たちも、急《きゅう》に、そわそわしはじめます。するときまって、大きな鳴《な》き声《ごえ》が聞《き》こえるのです。

「ギャアギャア。ギャアギャアギャア。」

するとお母《かあ》さんうさぎは、大きな耳をぴくぴくさせて、言《い》いました。

「そら、草むらにふせなさい。早く、早く、早く。」

お母《かあ》さんうさぎは、そう言《い》うと、草かげにぴたりと、からだをふせました。ぎざ耳ぼうやも、すぐに、まねをしてみせました。

「あれはね、おせっかいやのかけすだよ。あの鳥《とり》が鳴《な》いたら、牧場《ぼくじょう》の犬かきつねがやってきたときだから、気をつけるんだよ。」

お母《かあ》さんうさぎは、木の上で、やかましくさわいでいるかけすを、見上げて言《い》いました。

ぎざ耳ぼうやは、お母《かあ》さんがもういいと言《い》うまで、じっとしていました。動《うご》かないでいることが、どんなにたいせつかは、へびにおそわれたときから、けっして、わすれてはいませんでした。

あのときから、ぎざ耳ぼうやは、うさぎがとても弱《よわ》い動物《どうぶつ》だということが、わかっていました。

「じょうず、じょうず。そうやっていれば、石のように見えたり、木のこぶのように見えたりして、てきの目をくらますことができるんだよ。」

じっさい、うさぎはみんな、かれ草と地面《じめん》を、まぜあわせたような色《いろ》を、しています。

ぎざ耳ぼうやも、地面《じめん》にふせていると、かれ草そっくりに見えました。

「おそろしいきつねが来《き》ても、じっとしていればいいの？」

ぎざ耳ぼうやは、かわいい目をくるくるさせて、お母《かあ》さんにききました。

「そうね、牧場《ぼくじょう》のりょう犬《けん》のぶちだったら、まず、だいじょうぶ。でも、きつねはりこうだからね、わずかなにおいでも、かぎつけるからね。」

「どうしたらいいの？」

「きつねが近《ちか》づいてきても、草《くさ》っ原《ぱら》にとびだしたりしたら、だめ。そんなときはね、ほら、見てごらん。」

そう言《い》ってお母《かあ》さんは、目の前《まえ》の野《の》ばらのしげみに、するりとすべりこみました。

野《の》ばらのトンネル

オリファント沼《ぬま》のまわりには、野《の》ばらがつるをからませて、あっちにもこっちにも、こんもりしたしげみをつくっていました。

つるには、するどいとげが、いっぱいついています。

ぎざ耳ぼうやも、お母《かあ》さんうさぎのするように、野《の》ばらのつるの下から頭《あたま》を入れて、じょうずにもぐりこみました。

「わあ、トンネルだあ。とってもいいところだね。お母《かあ》さん。」

ぎざ耳ぼうやは、おどろきました。

外《そと》から見た野《の》ばらのしげみは、とげだらけのいやな草むらです。

でも中は、とてもいごこちのよい、うさぎのおしろです。

きつねもぶち犬も、空からおそってくるたかだって、みんな野《の》ばらには、とげがあることを知《し》っているので、この中ににげこめば、追《お》いかけてきたりはしないのです。

お母《かあ》さんうさぎは、野《の》ばらのトンネルから出ると、今度《こんど》はぎざ耳ぼうやをつれて、沼《ぬま》のまわりを走《はし》りました。

「さあ、おくれずに、ついてらっしゃい。お母《かあ》さんの白いしっぽが、目印《めじるし》よ。」

お母《かあ》さんが走《はし》ると、いつもは、おしりの下にかくれていたしっぽが、ぱっと開《ひら》いて、わたのように白く見えました。

ぎざ耳ぼうやは、お母《かあ》さんのしっぽめがけて、一生けんめい走《はし》りました。

それから、お母《かあ》さんうさぎとぎざ耳ぼうやは、毎日《まいにち》のように、オリファント沼《ぬま》のまわりを、ならんで走《はし》りました。そうして、ぎざ耳ぼうやのあしは、だんだんじょうぶになってゆきました。もう、とても速《はや》く、あっという間《ま》に、いくつもの草むらを、走《はし》りぬけることができました。

そのうえ、あとあしでぴょーんとはねて、いつでも、方向《ほうこう》をかえることもできました。

「走《はし》る道《みち》はね、いつも決《き》めておくといい。そして、その道《みち》はいつも、きれいにしておくんだよ。」

お母《かあ》さんは、沼《ぬま》のまわりを走《はし》るたびに、はみだした草やつるをかみきりました。こうしておけば、おそろしい人間《にんげん》がわなをかけても、すぐにわかることを、ぎざ耳ぼうやに教《おし》えました。

それからお母《かあ》さんは、鼻《はな》をぴくつかせて、おいしい草のにおいを教《おし》えました。また、うさぎの飲《の》める水は、野《の》ばらのつるや葉《は》っぱから落《お》ちるしずくだけだ、ということも教《おし》えました。

「お母《かあ》さんは、なんでも知《し》ってるんだね。」

ぎざ耳ぼうやは、ほんとうに、お母《かあ》さんうさぎはえらいと、思《おも》いました。

「これはね、お母《かあ》さんが小さいとき、やっぱりわたしのお母《かあ》さんから、教《おし》えてもらったことなんだよ。」

「なあんだ。そうだったの。」

「だからおまえも、ちゃんとおぼえていて、おとなになったら、おまえの子うさぎに、教《おし》えてやるんだね。」

お母《かあ》さんうさぎは、やさしく言《い》いました。

ぎざ耳ぼうやは、うさぎが生きていくために、たいせつなことを、たくさんおぼえました。そして、だんだん、りっぱなうさぎになっていきました。

もう、このごろでは、どんなときでも、五回《かい》もはねれば、野《の》ばらのトンネルにもぐりこめるほど、からだもあしも、たくましくなっていました。

つめたい沼《ぬま》の水

夏《なつ》が、やってきました。

ぎざ耳ぼうやは、草むらを矢《や》のように走《はし》りぬけたり、とびはねたり、急《きゅう》に止《と》まったり、それに、夜《よる》の草《くさ》っ原《ぱら》でも、昼間《ひるま》のように、走《はし》ることができました。

ある日、ぎざ耳ぼうやとお母《かあ》さんうさぎは、オリファントじいさんの牧場《ぼくじょう》に、やってきました。

「ほら、あそこの明《あ》かりがオリファントじいさんの家《いえ》だよ。」

そう言《い》ってお母《かあ》さんは、ちょっとびっくりしました。牧場《ぼくじょう》と草《くさ》っ原《ぱら》のさかいに、新《あたら》しいさくがはられて、とげがついた鉄線《てっせん》が、はりめぐらされていました。

そして、こまったことには、そこらじゅうの草がかりとられて、畑《はたけ》になっていたのです。

お母《かあ》さんうさぎは、鼻《はな》をぴくぴくさせて、畑《はたけ》のまわりをかぎまわりました。

それは、オリファントじいさんが息子《むすこ》たちと、草《くさ》っ原《ぱら》を、どんどん畑《はたけ》にしようとしているのでした。

「草《くさ》っ原《ぱら》がなくなると、野《の》ばらのしげみもなくなって、かくれ場《ば》がなくなってしまう。」

お母《かあ》さんは、心配《しんぱい》そうに言《い》いました。

そのとき、牧場《ぼくじょう》のおくから、けたたましい鳴《な》き声《ごえ》がして、耳のたれさがった大きな犬があらわれました。

オリファントじいさんがかっている、りょう犬《けん》のぶちでした。

「さあ、そこにしゃがんで、見ていてごらん。あいつを、追《お》っぱらってくるから。」

お母《かあ》さんはそう言《い》うと、おどろいたことに、ぶちのすぐ前《まえ》にとびだしたのです。

「ウーッ、ワンワンワン。」

ぶちは、ものすごいいきおいで追《お》いかけ、お母《かあ》さんはそのすぐ先を、ぴょんぴょんはねて、じょうずに走《はし》っていきました。

そのとたん、お母《かあ》さんうさぎのすがたが見えなくなって、

「キャーン」という、犬の悲鳴《ひめい》が聞《き》こえました。

お母《かあ》さんうさぎが、急《きゅう》に、野《の》ばらのしげみにとびこんだので、ぶちはそのまま、野《の》ばらのとげにぶつかり、いやというほど、たれさがった耳をひっかいたのです。

ぶちが、しっぽを下げて、にげていくと、お母《かあ》さんはぎざ耳ぼうやのところにもどってきて、言《い》いました。

「あいつはね、きつねほど悪《わる》くないんだよ。追《お》いかけられてもあわてないでにげれば、だいじょうぶ。だけど、正直者《しょうじきもの》だから、どこまでもどこまでも、追《お》いかけてくるから、気をつけるんだね。」

お母《かあ》さんうさぎは、今度《こんど》は、ぎざ耳ぼうやをつれて、オリファント沼《ぬま》の岸《きし》まで、やってきました。

すると、沼《ぬま》の真《ま》ん中《なか》あたりから、へんな声《こえ》が聞《き》こえました。

した。

「ウルルル――――ッ。ウルルル――――ッ。」

「あれはね、うしがえるの声《こえ》だよ。だまって、ついておいで。」

お母《かあ》さんはそう言《い》うと、沼《ぬま》にとびこんで、じょうずに泳《およ》ぎだしました。

ぎざ耳ぼうやも、あわてて、水にとびこみました。

「ひゃあ、つめたあい。」

ぎざ耳ぼうやは、鼻《はな》をつきだし、お母《かあ》さんのまねをして、水の中でもがきました。そのときはじめて、ぎざ耳ぼうやは、うさぎも泳《およ》げることを知《し》りました。

沼《ぬま》の中ほどには、たおれた木が半分《はんぶん》しずんでいて、うしがえるが頭《あたま》だけ出して、鳴《な》いていました。

「もし、ほんとうにあぶないときがあったら、うしがえるの声《こえ》がするところまで泳《およ》ぐんだね。そこは、とっておきの安全《あんぜん》な場所《ばしょ》だよ。」

そう言《い》って、お母《かあ》さんうさぎは、たおれた木にはいあがりました。

そして、ぶるぶるっと、からだをふって、じょうずに水をふるいおとすと言《い》いました。

「だけどね、ぼうや。水にはあまり長《なが》く入っていてはいけないよ。

それに、冬《ふゆ》の沼《ぬま》は、こごえてしまうから、けっして泳《およ》ぐんじゃないよ。」

こうして、ぎざ耳ぼうやは、夏《なつ》の間《あいだ》じゅう、うさぎが生きていくためのいろいろなことを、お母《かあ》さんから習《なら》いました。そして秋《あき》になるまでに、いろんな事《じ》けんにあいました。

向《む》こう岸《ぎし》にすんでいるきつねには、もう数《かぞ》えきれないほど追《お》いかけられましたし、とつぜん、空からたかやふくろうにおそわれたことも、何度《なんど》もありました。

そのたびに、ぎざ耳ぼうやは、お母《かあ》さんから習《なら》ったことを使《つか》って、てきからじょうずにのがれました。

ふぶきの沼《ぬま》

秋《あき》が終《お》わって、冬《ふゆ》がやってくると、オリファントじいさんは、雪《ゆき》がふらないうちに、なんとか畑《はたけ》を作《つく》ってしまおうと、沼《ぬま》のまわりの草のしげみを、次《つぎ》つぎに切《き》りはらいました。

沼《ぬま》のこっちがわの草《くさ》っ原《ぱら》は、だんだんにせまくなってゆきました。

それでも、お母《かあ》さんうさぎは、沼《ぬま》のこっちの草《くさ》っ原《ぱら》から、動《うご》こうとしません。

この草《くさ》っ原《ぱら》で生まれ、大きくなったお母《かあ》さんにとって、ここは、どこよりも安心《あんしん》できる土地《とち》だったからです。

お母《かあ》さんうさぎは、まだまだ元気《げんき》でしたが、そのうち、寒《さむ》い日がつづくと、あしやからだのふしぶしがいたみました。

毎日《まいにち》、どんよりとした暗《くら》い日がつづき、とうとう、雪《ゆき》がふりだしました。そのうえ、強《つよ》い北風《きたかぜ》がふきはじめました。

「草のしげみがなくなって、にげこむところもないね。」

お母《かあ》さんうさぎは、ふるえながら何度《なんど》も、ため息《いき》をつきました。

「沼《ぬま》の向《む》こうに行《い》けば、かれ草のしげみがあるけれど、きつねがうろついているからね。こまったなあ。」

「そうだよ。雪《ゆき》がふりだすと、きつねはうんとおなかをすかして、わずかなにおいでもかぎつけるからね。」

ぎざ耳ぼうやとお母《かあ》さんは、それでも、北風《きたかぜ》の当《あ》たらないかくれ場《ば》や草《くさ》っ原《ぱら》を、さがして歩《ある》きました。

このごろ、お母《かあ》さんうさぎは、とてもさびしがって、いつも、ぎざ耳ぼうやといっしょにねむりたがりました。

そして、雪《ゆき》がふりつづくと、きつねは毎《まい》ばんのように、沼《ぬま》のこっちがわまでやってきました。

そして、うさぎのにおいをかぎまわるのです。

北風《きたかぜ》はだんだん強《つよ》くなり、ふぶきがふきあれる日がつづきました。

そんなある夜《よる》、お母《かあ》さんうさぎが、とうとう、きつねに見つかってしまったのです。

ぎざ耳ぼうやが気がついたとき、きつねはお母《かあ》さんの上に、とびかかってきました。

「お母《かあ》さん、にげて！」

ぎざ耳ぼうやのさけび声《ごえ》といっしょに、お母《かあ》さんは雪《ゆき》の中にとびだし、二ひきのうさぎは、はなればなれになってしまいました。

雪《ゆき》ははげしくなって、沼《ぬま》も草《くさ》っ原《ぱら》も、見えなくなっていましたが、きつねはどこまでも、お母《かあ》さんうさぎを追《お》いかけました。

お母《かあ》さんのにげ道《みち》は、もう、沼《ぬま》に向《む》かって、一つだけです。お母《かあ》さんうさぎは、沼《ぬま》のふちに追《お》いつめられてしまいました。しかたなく、お母《かあ》さんうさぎは、雪《ゆき》のふりしきる沼《ぬま》に、あしをふみいれました。

けれども、沼《ぬま》にはもう、うしがえるもいません。それに、冬《ふゆ》の夜《よる》は真《ま》っ暗《くら》で、そのうえ、はげしい雪《ゆき》です。

お母《かあ》さんは、どっちに泳《およ》いでよいかわかりません。

お母《かあ》さんうさぎのからだには、すぐに、氷《こおり》がくっついて、泳《およ》げなくなりました。

そして、つめたい水の中で、ただ、もがくだけでした。

きつねも、沼《ぬま》にとびこみましたが、あまりのつめたさに、あわてて引《ひ》きかえしてしまいました。

ぎざ耳ぼうやは、お母《かあ》さんが心配《しんぱい》で、夜《よ》が明《あ》けるまでさがしまわりました。

何回《なんかい》も何回《なんかい》も、沼《ぬま》のまわりをさがしましたが、お母《かあ》さんのにおいもあしあとも、ふぶきにかきけされてしまっていました。

そしてとうとう、見つけだすことはできませんでした。

ぎざ耳ぼうやは、そのばんから二度《にど》とふたたび、お母《かあ》さんに会《あ》えなかったのです。

ぎざ耳ぼうやの子どもたち

ぎざ耳ぼうやは、冬《ふゆ》の間《あいだ》、何度《なんど》もお母《かあ》さんうさぎのことを思《おも》いだしました。

お母《かあ》さんは、りっぱなめすうさぎでした。うさぎとして知《し》っておかなければならないことを、みんな息子《むすこ》に教《おし》えて死《し》んだのです。

ぎざ耳ぼうやは、このオリファント沼《ぬま》のうさぎに、代《だい》だいつたえられてきたいろいろなことを、きちんとお母《かあ》さんから受《う》けついだのでした。

長《なが》い冬《ふゆ》が終《お》わって、また、春《はる》がやってきました。

太陽《たいよう》がふたたび、沼《ぬま》や草《くさ》っ原《ぱら》に、あたたかい光《ひかり》をふりそそぎはじめました。

その冬《ふゆ》に、オリファントじいさんがなくなりました。それで、なまけ者《もの》の息子《むすこ》たちはもう、畑《はたけ》を作《つく》ることを、やめてしまいました。

それで、オリファント沼《ぬま》の草《くさ》っ原《ぱら》は、また、ほったらかしにされ、あっちこっちに、しげみや野《の》ばらのつるができました。

そしてうさぎたちには、ふたたび、すみごこちのよい草《くさ》っ原《ぱら》が、もどってきたのです。

ぎざ耳ぼうやは、大きなおすうさぎになって、もうどんなうさぎが草《くさ》っ原《ぱら》にやってきても、こわがるようなことはありません。

沼《ぬま》のまわりで、色《いろ》とりどりの草花がさきみだれるころ、りっぱになったぎざ耳うさぎは、どこからか茶色《ちゃいろ》の毛《け》をした、美《うつく》しいめすうさぎをつれてきて、けっこんしました。

そして、やがて、子うさぎが生まれ、夏《なつ》には、その子うさぎたちは、すっかり大きくなって、沼《ぬま》のまわりをかけまわりました。

子うさぎたちは、ぎざ耳ぼうやがお母《かあ》さんから教《おし》えてもらったように、オリファント沼《ぬま》のことや、野《の》ばらのトンネルのことや、いろいろなことを習《なら》いました。

そして、これから先ずうっと、この沼《ぬま》のまわりの草《くさ》っ原《ぱら》で、うさぎたちはさかえていくことでしょう。

アーネスト・トンプソン・シートン　一八六〇年イギリスに生まれる。画家・動物物語作家。『シートン動物記』で有名。一九四六年没。

高橋　健（たかはしけん）　一九三〇年岐阜県に生まれる。主な作品に『キタキツネ物語』『しろふくろうのまんと』（サンケイ児童出版文化賞）などがある。二〇〇七年没。

出典：『絵で見るシートン動物記』所収　学研　1988年

いろいろなすがたを通《とお》して、きらいやすき……父《とう》さんへの思《おも》いがつたわってくるお話《はなし》。

がんばれ父《とう》さん

作《さく》・砂田《すなだ》 弘《ひろし》

絵《え》・山口《やまぐち》みねやす

一

日曜日《にちようび》の朝《あさ》、目をさましたお父《とう》さんは、今度《こんど》こそ、ほんとうにたばこをやめようと思《おも》いました。

お父《とう》さんは、おそろしいゆめを見たのでした。病院《びょういん》のしんさつ室《しつ》にいるゆめで、でっぷり太《ふと》った、白い服《ふく》のお医者《いしゃ》さんが、目の前《まえ》にすわっていました。

「はいの中は、たばこのけむりとすすで、いっぱいじゃありませんか。」

お医者《いしゃ》さんは、お父《とう》さんのむねに、ちょうしんきを当《あ》てると、言《い》いました。

「このままでは、あぶない。命《いのち》がおしかったら、いますぐ、たばこをやめることです。」

そのことばが終《お》わるか終《お》わらないうちに、お父《とう》さんは、目をさましました。パジャマのせなかにかけて、あせびっしょりでした。

「もう、ぜったいに、たばこはすわないぞ。」

でも、長《なが》い間《あいだ》のくせは、かんたんには直《なお》らないものです。そう言《い》いながら、お父《とう》さんの手は、まくら元《もと》のたばこの箱《はこ》をつかみ、一本ぬきだして、口にくわえていました。

「いかん、いかん。」

お父《とう》さんは、あわててたばこを放《ほう》りだし、すっくと立ちあがりました。そして、つくえの前《まえ》にすわると、びんせんに、サインペンで大きく、

――たばこをやめよう！

と書《か》きました。三まいも書《か》きました。

さいしょの一まいは、ねていた部屋《へや》のかべにはってあるカレンダーの横《よこ》に、画《が》びょうでとめました。二まい目は茶《ちゃ》の間《ま》のかべに、三まい目は子ども部屋《べや》のかべに、やはり画《が》びょうでとめました。

部屋《へや》は、みんなで三つですから、どの部屋《へや》にも、紙《かみ》がはられたことになります。

お母《かあ》さんと理恵《りえ》と幸司《こうじ》は、とっくに朝食《ちょうしょく》をすませていましたが、

お父《とう》さんが起《お》きるが早いか、へんなことを始《はじ》めたので、すっかりおどろきました。

「父《とう》さん、また、たばこをやめるの。」

と、幸司《こうじ》がたずねました。「また」と言《い》ったのは、お父《とう》さんがたばこをやめようと決心《けっしん》したのは、これがはじめてではないからです。幸司《こうじ》がおぼえているだけでも、これまで三回《かい》か四回《かい》かあったのです。でも、部屋《へや》に紙《かみ》をはったのは、はじめてでした。

「子ども部屋《べや》にまで、はらなくてもいいのに。」

姉《あね》の理恵《りえ》が、口をとがらせて言《い》いました。

「まあ、いいじゃないか。」

お父《とう》さんは、理恵《りえ》のかたに手をかけました。

「せんきょのポスターと同《おな》じだよ。たくさん目につくほうが、ききめがあるんだ。」

「さあ、どうでしょう。」

と、横《よこ》から、お母《かあ》さんが言《い》いました。

「父《とう》さんときたら、根気《こんき》がなくて、あきっぽいんですもの。いつまで、がまんできるかしら。」

二

顔《かお》をあらったお父《とう》さんは、パンとコーヒーで、朝食《ちょうしょく》をすませました。いつもだと、ここで食後《しょくご》の一服《いっぷく》を楽《たの》しむのですが、今朝《けさ》はそうはいきません。

「母《かあ》さん、ようじを取《と》ってくれ。」

ようじをくわえたまま、お父《とう》さんは、新聞《しんぶん》を読《よ》みはじめました。

それから、テレビのスイッチを入れ、しばらくえいがを見ていましたが、うでを組《く》んだり、びんぼうゆすりをしたり、どうも落《お》ちつかないようすです。

たばこのすきな人は、たばこが切《き》れると、気がいらいらして、じっとしていられなくなるのです。

「そうだ。げた箱《ばこ》がこわれていたな。」

お父《とう》さんは、とつぜん、こしを上げると言《い》いました。

「いまのうちに、直《なお》しておこう。」

金《かな》づちとくぎ箱《ばこ》を持《も》ちだすと、お父《とう》さんはさっそく、トントン、やりはじめました。しかし、いらいらしているものですから、手元《てもと》がくるい、指《ゆび》の先を、いやというほど、金《かな》づちでぶってしまいました。

「おお、いてえ！」

お父《とう》さんは血《ち》のにじんだ指先《ゆびさき》をしゃぶって、

「なんだ、くぎが曲《ま》がってるじゃないか。」

と、もんくを言《い》いました。たばこが切《き》れると、とてもおこりっぽくなるのです。

「ちょっと、散歩《さんぽ》に行《い》ってくる。」

げた箱《ばこ》のしゅうりが終《お》わると、お父《とう》さんは、げんかんからおくの方《ほう》に、声《こえ》をかけました。

「わたしも行《い》く。」

理恵《りえ》がそう言《い》って、幸司《こうじ》に目配《めくば》せをしました。お父《とう》さんが、ポケットにたばこを持《も》っていないとはかぎりません。お父《とう》さんがたばこをすうかどうか、見はりをしようというわけです。

「よし、ぼくも行《い》く。」

そこで、幸司《こうじ》も、げんかんへかけだしていきました。

散歩《さんぽ》の間《あいだ》じゅう、お父《とう》さんは、うでを組《く》んだり、口笛《くちぶえ》をふいたりしていて、あいかわらず、落《お》ちつかないようすでした。そして、あたりをぐるっとひと回《まわ》りしただけで、家《いえ》へもどってきました。

お父《とう》さんがついにこうさんしたのは、お母《かあ》さんが、台所《だいどころ》でお昼《ひる》のスパゲッティをいためている、一時《じ》すぎのことでした。

テレビの上から、たばこの箱《はこ》とライターを取《と》ると、お父《とう》さんは、

「幸司《こうじ》、はい皿《ざら》。」

と、言《い》いつけました。茶《ちゃ》の間《ま》に、どっかりあぐらをかいたお父《とう》さんは、ライターで、パチンとたばこに火をつけ、

「ああ、うまい。」

と、言《い》って、てんじょう向《む》けて、けむりのわを二つ三つ、はきだしました。

「たばこは、父《とう》さんのたった一つの楽《たの》しみだもの。すいすぎに注意《ちゅうい》すれば、いいんじゃないかな。」

お父《とう》さんが、そうひとりごとを言《い》ったとき、スパゲッティを山もりにしたお皿《さら》をかかえて、お母《かあ》さんが入ってきました。

「あら、もうこうさんですか。」

苦《にが》わらいしながら、お母《かあ》さんが言《い》いました。

「そんなことだと思《おも》っていたわ。それなら、決心《けっしん》なんかしなければいいのに。」

三

なにかを決心《けっしん》しては、すぐあきらめるという、お父《とう》さんの悪《わる》いくせは、きのう今日《きょう》に始《はじ》まったことではありません。

「体《からだ》をきたえるために、マラソンを始《はじ》めるぞ。」

そう言《い》って、朝《あさ》のマラソンを始《はじ》めたのは、去年《きょねん》の十月、お父《とう》さんの三十五歳《さい》のたん生日の朝《あさ》でした。でも、三日《みっか》走《はし》っただけで、

「どうもこしがいたい。これじゃ、かえって体《からだ》によくないな。」

今年《ことし》のお正月には、ギターを買《か》ってきて、練習《れんしゅう》を始《はじ》めました。

「会社《かいしゃ》のわかい連中《れんちゅう》に負《ま》けてなるものか。いまに、ひき語《がた》りをきかせてやるからな。」

ギターの本を何《なん》さつも買《か》いこんできて、お父《とう》さんは大はりきりで

した。そして、お正月の休みの間《あいだ》じゅう、ひまさえあれば、ボロンボロンとやっていましたが、ちっともうまくならず、

「楽器《がっき》は、やはり小さいころからやらなきゃだめだ。」

と、言《い》って、やめてしまいました。ボーナスで買《か》ったギターは、その後《ご》、おし入れに放《ほう》りこまれたままです。

そんなお父《とう》さんでしたが、これまでずっと、幸司《こうじ》はお父《とう》さんが大すきでした。お父《とう》さんといると、いつもゆかいでしたし、それに幸《こう》司《じ》も、お父《とう》さんに負《ま》けないくらい、あきっぽいたちだったからです。

そのせいか、幸司《こうじ》のせいせきは、いつもクラスの中くらいでした。

「まあ、こんなものだろう。」

通知表《つうちひょう》をもらってくるたびに、お父《とう》さんは言《い》います。

「父《とう》さんも、勉強《べんきょう》は苦手《にがて》だったからな。おかげで、ちっともえらく

なれないけど、勉強《べんきょう》だけが、人生じゃないものな。」
ですから、宿題《しゅくだい》をやっていて、うんざりしてくると、
「お父《とう》さんも、子どものころは、きっとこうだったんだろうなあ。」
と、幸司《こうじ》は思《おも》います。すると、ますます、お父《とう》さんがすきになって
くるのでした。
ところが、ある日、思《おも》いがけないことが起《お》こったのです。

四

あと一週間《しゅうかん》で夏休《なつやす》みが始《はじ》まるという、夜《よる》のことです。

ばんごはんがすみ、お茶《ちゃ》を飲《の》んでいるとき、お母《かあ》さんが言《い》いました。

「今日《きょう》、幸司《こうじ》が、算数《さんすう》のテストで百点《てん》をとってきたんですよ。」

「ほう。」

お父《とう》さんは、夕《ゆう》かんから顔《かお》を上げました。幸司《こうじ》が百点《てん》をとるなんて、めったになかったからです。

「どれ、見せてごらん。」

答案用紙《とうあんようし》を見つめながら、お父《とう》さんは、満足《まんぞく》そうに言《い》いました。

「むつかしい問題《もんだい》なのに、ほんとうによくやった。やればできるんじゃないか。」

そうほめられたとたん、幸司《こうじ》は、急《きゅう》にせなかがむずがゆくなりました。そして、

「ほんとうのことを言《い》うとね。」

と、つい、口をすべらせてしまいました。

「テストの時間《じかん》に、先生に電話《でんわ》がかかってきて、二分《ふん》か三分《ぷん》、先生

がいなくなっちゃったんだ。そのすきに、となりの村上《むらかみ》くんが、答《こた》えを教《おし》えてくれたんだよ。」

そこまで言《い》って、しまったと思《おも》いましたが、もう間《ま》に合《あ》いません。

「なあんだ、そうだったの。」

おかっぱの頭《あたま》をゆすって、姉《あね》の理恵《りえ》が言《い》いました。同《おな》じきょうだいなのに、お母《かあ》さんににたのか、理恵《りえ》は、勉強《べんきょう》がとてもよくできるのです。

「ぼくだって、村上《むらかみ》くんに、わからないところを教《おし》えてやったんだぞ。」

にやにやしている理恵《りえ》に、幸司《こうじ》はむねをはってみせました。お父《とう》さんが、幸司《こうじ》をぎょろりとにらみつけ、

「幸司《こうじ》、ここへ来《き》なさい。」

と、言《い》ったのは、そのときでした。

「そんなことをして、おまえは、はずかしくないのか。」

お父《とう》さんは、自分《じぶん》のひざを、力いっぱいたたきました。幸司《こうじ》がお父《とう》さんから「おまえ」とよばれたのは、はじめてでした。

「ほかの人の答《こた》えをぬすむのを、カンニングというが、それはどろぼうをするのと同《おな》じだ。どろぼうをして、とくいがっているばかが、どこにいる？　もう、二度《にど》とやっちゃいけないぞ。」

「だって。」

と、幸司《こうじ》は、すかさず、言《い》いかえしました。

「ぼくだけじゃないんだ。みんな、やったんだよ。」

「みんながどろぼうしたら、おまえも、どろぼうをしてもいいというのか。」

「だって。」

返事《へんじ》の代《か》わりに、お父《とう》さんの右手が、幸司《こうじ》のほおにとんできました。ピシリと、つめたい音がしました。幸司《こうじ》がお父《とう》さんにぶたれたのも、はじめてでした。幸司《こうじ》は、ワッとなきだしました。

「父《とう》さん、落《お》ちついてください。」

お母《かあ》さんが、二人の間《あいだ》に、とびこんできました。

「落《お》ちついているよ。」

と、お父《とう》さんは、それこそ落《お》ちつきはらった声《こえ》でこたえました。

「でも、口で言《い》えば、わかるでしょうに。」

「いや、そうじゃない。」

二度《ど》三度《ど》、お父《とう》さんは、首《くび》をふりました。

「いたい目にあわなければ、曲《ま》がった心《こころ》は直《なお》らないよ。」

NY BOYS
あら

五

次《つぎ》の日、お父《とう》さんは、もういつものお父《とう》さんにもどっていました。でも、幸司《こうじ》の目には、お父《とう》さんが、きのうまでとは少《すこ》しちがうように見えました。あれほどすきだったお父《とう》さんが、少《すこ》しきらいになっているのに気がつきました。

「父《とう》さんだって、ひとのまねばかりしているじゃないか。」

今度《こんど》ぶたれたら、お父《とう》さんにそう言《い》ってやろうと、幸司《こうじ》は思《おも》っていました。

「ひとのまねをして、マラソンを始《はじ》めたり、ギターを始《はじ》めたりするけど、すぐにやめてしまう。はずかしいと思《おも》わないの？」

やりこめるついでに、

「父《とう》さん、また、たばこをやめたら？」

と、言《い》ってやろうか。幸司《こうじ》には、お父《とう》さんの苦虫《にがむし》をかみつぶしたような顔《かお》が、目に見えるようでした。

ふしぎなもので、お父《とう》さんが少《すこ》しきらいになってくると、これまで気づかなかったお父《とう》さんの悪《わる》いところが、いやに目につくようになりました。

せのひくいこと、おなかの出ていること、トイレの長《なが》いこと、音をたてて鼻《はな》をかむこと、そうしたことの一つ一つが、幸司《こうじ》には気に入りませんでした。

「ぼくのせがのびないのも、きっと、お父《とう》さんのせいだ。」

せの高《たか》さは、クラスで真《ま》ん中《なか》くらいなのに、そんなことまで考《かん》えるようになりました。

お父《とう》さんといえば、あの夜《よる》のことは、もうすっかりわすれているようでした。そのしょうこに、

「おい、どうした？　夏休《なつやす》みになったというのに、ちっとも元気《げんき》がないじゃないか。」

などと、幸司《こうじ》にきくのです。そんなお父《とう》さんのたいども、幸司《こうじ》には気に入りませんでした。

ですから、ある日、お父《とう》さんが、

「海《うみ》へでも行《い》くか。」

と、言《い》ったときも、幸司《こうじ》はだまっていました。お父《とう》さんは、ちょっとへんな顔《かお》をしましたが、理恵《りえ》が代《か》わりに、

「行《い》こう、行《い》こう。」

と、お父《とう》さんの首《くび》っ玉《たま》にかじりついたので、

「よし、会社《かいしゃ》の休みを取《と》って、明日《あす》、行《い》こう。」

と、いうお父《とう》さんのひと言《こと》で、海《うみ》へ行《い》く日が決《き》まりました。

六

海《うみ》の駅《えき》のホームで、お父《とう》さんと理恵《りえ》と幸司《こうじ》は、帰《かえ》りの電車《でんしゃ》が入ってくるのを待《ま》っていました。

太陽《たいよう》は西《にし》にかたむきかけていましたが、暑《あつ》さはいっこうにおとろえず、お父《とう》さんはせんすを広《ひろ》げ、はだけたシャツのむな元《もと》に、パタパタ風《かぜ》を送《おく》りこんでいました。

幸司《こうじ》たちは、前《まえ》から二十番目《ばんめ》くらいのところにならんでいました。ここが始発駅《しはつえき》ですから、まちがいなくすわれるでしょう。

わずか一日で、幸司《こうじ》も理恵《りえ》も、顔《かお》からかたにかけて、ピンク色《いろ》に日やけしていました。

海《うみ》へ来《き》てよかったと、幸司《こうじ》は思《おも》いました。お父《とう》さんからクロールを習《なら》ったのですが、

「うでの力をぬくんだ！　よし！」

と、お父《とう》さんにどなられているうちに、幸司《こうじ》には、あの夜《よる》のことを、まだくよくよ思《おも》っているのが、ばかばかしく思《おも》われてきたのです。

「母《かあ》さんも、来《く》ればよかったのに。」

すなはまで休んでいるとき、はずんだ声《こえ》でそう言《い》ったのは、幸司《こうじ》でした。

「だめよ、母《かあ》さん、金《かな》づちなんだもの。」

理恵《りえ》が言《い》うと、お父《とう》さんはにやりとしました。

「さては、知《し》らないな。母《かあ》さん、犬かきがうまいんだぞ。」

　母《かあ》さんが犬かきで泳《およ》いでいるすがたをそうぞうして、理恵《りえ》と幸司《こうじ》は、声《こえ》をたててわらいました。ほんとうに、すばらしい一日でした。でも、そうかといって、幸司《こうじ》は、大すきなお父《とう》さんをとりもどしたわけではありませんでした。ちらりと見上げたお父《とう》さんの横顔《よこがお》は、どこか気むずかしく見え、むかしのお父《とう》さんとは、少《すこ》しちがっていました。

　ホームにベルが鳴《な》りわたり、電車《でんしゃ》が入ってきました。ドアが開《あ》くと、いちばん前《まえ》にならんでいた、大学生らしいわか者《もの》たちが、次《つぎ》つぎに乗《の》りこみました。みんな、はでなショートパンツにゴムぞうりといういでたちでした。

　車内《しゃない》にかけこんだわか者《もの》たちは、カタンカタンと、電車《でんしゃ》のまどを開《あ》けました。それを合図《あいず》に、列《れつ》のいちばん後《うし》ろにならんでいた、同《おな》じ仲間《なかま》らしいわか者《もの》たちが、ホームを横切《よこぎ》って、まどのそばにかけより、バッグを、ポンポン、放《ほう》りこみました。

「たのむぞ。」

「よっしゃ。」

そんな声《こえ》が聞《き》こえました。

幸司《こうじ》たちが車内《しゃない》に入ったとき、ざせきというざせきは、人と荷物《にもつ》でせんりょうされ、空《あ》いたせきは、一つもありませんでした。せきがないとなると、これから二時間《じかん》、立ちどおしで、電車《でんしゃ》にゆられなければなりません。幸司《こうじ》も理恵《りえ》も、いまにもなきだしそうな顔《かお》をしていました。

「ここ、空《あ》いていますか。」

四つあるざせきに、一人だけわか者《もの》がすわり、のこりを三つのバッグがせんりょうしているのを見て、お父《とう》さんがききました。

「あとから、来《き》ます。」

体《たい》かくのいいわか者《もの》が、ぶっきらぼうにこたえました。

「あとから来《く》るって？」

お父《とう》さんは、するどい声《こえ》でききかえしました。

「あとから来《く》るのじゃ、だめだ。電車《でんしゃ》に乗《の》るときは、ならんだじゅんに、一人ずつすわるというのが決《き》まりだ。それが、世《よ》の中《なか》のルールです。きみたちは、大学生らしいけれど、そんなことも知《し》らないのかね。さあ、そのバッグをのけたまえ。」

よくひびく、力のこもった声《こえ》でした。通路《つうろ》に立っている人びとは、いっせいに、お父《とう》さんの方《ほう》を見ました。

わか者《もの》は、それでも知《し》らんぷりで、横《よこ》を向《む》いて、ガムをクチャクチャかんでいます。それを見て、お父《とう》さんは、三つのバッグを、次《つぎ》つぎにあみだなの上にのせました。そして、車内《しゃない》をぐるりと見わたすと、せのびをし、ありったけの声《こえ》で言《い》いました。

「みなさん、人がいなくて、荷物《にもつ》だけでおいてあるせきがあったら、荷物《にもつ》をあみだなの上にのせて、えんりょなくすわってください。わたしたちは、ホームに一時間《じかん》もならんだのです。正直者《しょうじきもの》が、ばかを見てはいけません。」

七

電車《でんしゃ》の中でのお父《とう》さんのえんぜつは、なんとすばらしかったことでしょう。お父《とう》さんにあのような勇気《ゆうき》があるなんて、幸司《こうじ》は、いままで考《かんが》えたこともありませんでした。

あのお父《とう》さんなら、幸司《こうじ》が友《とも》だちの答案《とうあん》を見たことをしかったのは、あたりまえです。電車《でんしゃ》の中でのできごとをきっかけに、幸司《こうじ》は、お父《とう》さんがまた大すきになりました。

でも、くせというやつは、なかなか直《なお》らないようです。それから間《ま》もないあるばん、お父《とう》さんは、英会話《えいかいわ》のカセットテープを買《か》いこんできました。

「あら、今度《こんど》は英会話《えいかいわ》ですか。」

と、お母《かあ》さんはひやかし、

「父《とう》さん、アメリカに行《い》くの？」

と、理恵《りえ》は目をかがやかせました。

「いや、アメリカに行《い》くわけじゃないけど。」

お父《とう》さんは、近《ちか》ごろ少《すこ》しうすくなってきた頭《あたま》をかいて、

「勉強《べんきょう》しておけば、そのうち、役《やく》に立つと思《おも》ってね。」

と、小さな声《こえ》で言《い》いました。

「がんばってよ、父《とう》さん。」

幸司《こうじ》も、わらいながら、お父《とう》さんのせなかによびかけました。

今度《こんど》は、いつまでつづくか。ともかく、今日《きょう》からしばらくは、毎《まい》ばん、お父《とう》さんのへんな英語《えいご》になやまされることになりそうです。

砂田　弘（すなだひろし）　一九三三年朝鮮に生まれる。主な作品に『さらばハイウェイ』『道子の朝』『東京のサンタクロース』『六年生のカレンダー』『二死満塁』『百五十さいの名探偵』などがある。二〇〇八年没。

出典：『３年の読み物特集』所収　学研　1977年

いつもテストが百点《てん》の勉強《べんきょう》ずきなタケシが、おかしな神様《かみさま》にとりつかれるゆかいなお話《はなし》。

タケシとすいとり神《がみ》

作《さく》・那須正幹《なすまさもと》

絵《え》・大庭賢哉《おおばけんや》

一

タケシの勉強《べんきょう》ずきにも、こまったものです。

家《いえ》にもどってくると、ただいまも言《い》わずにつくえの前《まえ》にすわります。そして、夕ごはんになるまでずっと勉強《べんきょう》。

夕ごはんがすむと、おふろに入るまでまた勉強《べんきょう》。おふろからあがって、ねるまでまたまた勉強《べんきょう》です。

「タケシ、たまには外《そと》で遊《あそ》んだら。」

母《かあ》さんが言《い》うと、タケシはすました顔《かお》でこたえます。

「ぼく、遊《あそ》ぶより勉強《べんきょう》のほうが楽《たの》しいもん。」

「だけどなあ、あんまり家《いえ》の中にばかりいると、体《からだ》にどくだぞ。」

父《とう》さんも心配《しんぱい》そうに言《い》います。

「ぼく、元気《げんき》だよ。病気《びょうき》なんかしないもん。」

たしかにタケシは元気《げんき》です。体育《たいいく》の時間《じかん》になると、だれよりも元気《げんき》に体《たい》そうします。

かけっこも一番《ばん》です。鉄《てつ》ぼうだってうまいものです。さかあがりも足かけあがりもできます。

でも、なんといってもタケシのとくいなのは算数《さんすう》とか国語《こくご》のテスト。

タケシのテストときたらいつだって百点《てん》です。いいえ、一度《ど》、九十八点《てん》をとったことがありました。もっともそれは先生のつけまちがいと、あとでわかりました。

つまり、これも百点《てん》だったのです。

夏休《なつやす》みが終《お》わって間《ま》もない月曜日《げつようび》のことです。

その日、タケシは朝《あさ》からなんだかへんでした。勉強《べんきょう》していても、先生の話《はなし》が少《すこ》しも頭《あたま》に入ってこないのです。と、いうより、頭《あたま》の中にあなが空《あ》いていて、勉強《べんきょう》したことがすいこまれていくようなそんな気がするのです。

四時間目《じかんめ》に算数《さんすう》のテストがありました。

こんなのかんたん、かんたん。

問題《もんだい》を見たとき、タケシは思《おも》いました。

でも、えんぴつを持《も》ったときは、ちょっと首《くび》をひねりました。

だけど、少《すこ》しむずかしいかな。
はじめの計算問題《けいさんもんだい》は、なんとかできました。
しかし、あとのおうよう問題《もんだい》がむずかしくて、ずいぶん苦労《くろう》しました。
今日《きょう》のテストはむずかしかったなあ。
ひょっとすると、九十点《てん》くらいかもしれないぞ。
テストが終《お》わったあと、タケシはそう思《おも》ったものでした。

二

よく日、タケシは先生によばれました。

「タケシくん、どうしたの？　きのうのテスト、みんなまちがえてたわよ。」

タケシはびっくり。

「全部《ぜんぶ》？　うそでしょ。」

「うそじゃないわ。ほら、ごらんなさい。タケシくん、体《からだ》のぐあいでも悪《わる》いんじゃない。」

〇点《れいてん》のテストを見ても、タケシにはしんじられません。

「ぼくが〇点《れいてん》、とるなんてぜったいありっこないもん。先生いつかみたいにつけまちがったんじゃない。」

「なんてこと言《い》うの。自分《じぶん》ができなかったからって、先生のせいにするつもり。」

先生はおこってしまいました。

その夜《よる》、タケシはなかなかねむれませんでした。考《かんが》えることは、〇点《れいてん》のことばかり。

と、どこからか、気持《きも》ちのよさそうないびきが聞《き》こえてきました。母《かあ》さんや父《とう》さんは、下の部屋《へや》でねています。いったいだれのいびきでしょう。

タケシは、ふとんの上に起《お》きあがってあたりを見回《みまわ》しました。そのとたん、いびきがぴたりとやんで、

「タケシ、わしは、ねむいぞよ。早くねてしまえ。」

ねむそうなしわがれ声《ごえ》が、耳のおくでしました。

「だれ？」

タケシは思《おも》わずさけびました。

「わしはおまえの頭《あたま》に宿《やど》る、すいとり神《がみ》である。」

しわがれ声《ごえ》がこたえました。

「スイトリガミってなんだよ。」

「これは無礼《ぶれい》な。わしは神様《かみさま》である。なんじタケシは、なかなか勉《べん》強熱心《きょうねっしん》な子どもである。ゆえに、わしが宿《やど》ったのじゃ。せいぜいおそなえものをいたせよ。」

タケシはますますびっくりしました。

すいとり神《がみ》なんて神様《かみさま》は聞《き》いたこともありません。それに自分《じぶん》からおそなえものをしろなんて、少《すこ》しあつかましい神様《かみさま》です。

でも、本人がそう言《い》うのですから、きっと神様《かみさま》にちがいありません。

「あのう、神様《かみさま》。おそなえものは、なにがいいですか。」

「決《き》まっておる。せっせと勉強《べんきょう》することである。」

「ぼくが、勉強《べんきょう》すれば、おそなえものになるんですか。」

「さよう、わしはすいとり神《がみ》である。おまえが勉強《べんきょう》したことをどんどんすいとってつかわすぞよ。」

「すいとるって、つまり……、ぼくが勉強《べんきょう》したことを全部《ぜんぶ》？」

「もちろんである。おまえがテストで〇点《れいてん》をとったのは、わしのおかげである。」

すいとり神《がみ》は、おごそかにこたえます。

タケシにもやっとわかりました。タケシが〇点《れいてん》をとったのは、この神様《かみさま》のせいだったのです。

三

まったくとんでもない神様《かみさま》がすみついたものです。

次《つぎ》の朝《あさ》、タケシは、母《かあ》さんに相談《そうだん》しました。

「すいとり神《がみ》ですって、あんたゆめでも見たんじゃないの。でも、お医者《いしゃ》さまにみてもらったほうがいいかもしれないわねえ。」

母《かあ》さんは、タケシをお医者《いしゃ》さんにつれていきました。

「ふうん、神様《かみさま》がねえ。ともかくレントゲンで調《しら》べてみましょう。」

お医者《いしゃ》さんは、タケシの頭《あたま》をレントゲンにかけました。

「やや、これはふしぎだ。たしかにきみの頭《あたま》の中になにやらいるぞ。ううん、ぴかぴか光《ひか》っているな。やっぱり神様《かみさま》にちがいない。」

お医者《いしゃ》さんが、びっくり顔《がお》でレントゲン写真《しゃしん》を見せてくれました。

なるほど写真《しゃしん》の真《ま》ん中《なか》に、タケシの頭《あたま》の黒《くろ》く写《うつ》っている部分《ぶぶん》に白く光《ひか》る小人のようなものが、くっきりと写《うつ》っています。

「つまりだね。この神様《かみさま》は、寄生虫《きせいちゅう》のようなものだと思《おも》う。きみの頭《あたま》にとりついて勉強《べんきょう》したことをすいとってしまうわけだ。あまりたちのよくない神様《かみさま》らしいね。」

「なんとか取《と》りだせないでしょうか。薬《くすり》か手術《しゅじゅつ》で……。」

母《かあ》さんが心配《しんぱい》そうにお医者《いしゃ》さんにたずねます。

「いや、だめでしょう。なにしろ相手《あいて》が神様《かみさま》です。医学《いがく》の力では、なんとも手の打《う》ちようがありませんな。では、おだいじに。」

タケシたちは、すごすごと家《いえ》にもどりました。

家《いえ》にもどっても、勉強《べんきょう》する気にもなりません。いくら勉強《べんきょう》してもすいとり神《がみ》にみんなすいとられてしまうのです。

タケシは、茶《ちゃ》の間《ま》にねころんでテレビを見ることにしました。

テレビを見るのは何《なん》か月《げつ》ぶりでしょう。

番組《ばんぐみ》もタケシの知《し》らないものばかりです。

タケシはめずらしくて、つい夕ごはんがすんでからもテレビを見ていました。

「これ、タケシ。」

すいとり神《がみ》の声《こえ》がしました。

「テレビなど見ずに勉強《べんきょう》しなさい。わしはおなかがすいたぞよ。」

「ぼく勉強《べんきょう》したくないもん。みんな神様《かみさま》にすいとられるもん。」

タケシはふくれっつらでこたえます。

「ばち当《あ》たりめ。そのようなことを言《い》っておると、ばちが当《あ》たるぞよ。」

とたんに、タケシの頭《あたま》がきりきりいたみはじめました。

「わ、わかりました。べ、勉強《べんきょう》します。」

タケシはしかたなく、つくえの前《まえ》にすわりました。

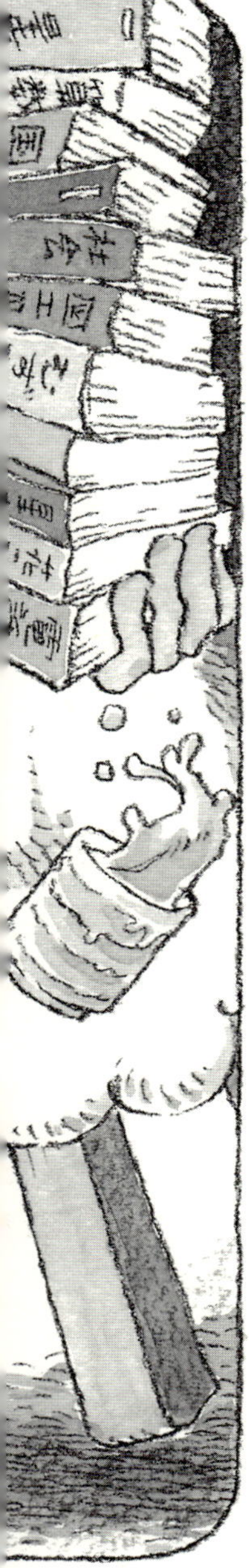

四

あれだけおもしろかった勉強《べんきょう》が、近《ちか》ごろではまるでおもしろくありません。

学校のテストときたら、〇点《れいてん》ばかり。

そのくせ、勉強《べんきょう》は、クラスのだれよりも、よけいにやらなくてはならないのです。

勉強《べんきょう》をなまけると、すいとり神《がみ》のばちが当《あ》たります。

今夜《こんや》もタケシは、いやいやかけ算《ざん》の九九をおぼえていました。

「二、二が四、二、三が六。二、四が九。」

「あ、いた、た、た。」

急《きゅう》にすいとり神《がみ》が悲鳴《ひめい》をあげました。

「あれ、どうしたの？」

「ばかめ、おまえが九九をまちがえたのじゃ。」

「ほんと？」

「ほんとである。二、四は八じゃ。まちがった勉強《べんきょう》をしてもらってはこまる。わしがはらいたを起《お》こすではないか。」

「へえ、神様《かみさま》でもおなかがいたくなるんですか。」

「あたりまえじゃ。まちがった勉強《べんきょう》は、くさったまんじゅうを食《た》べるのとおんなじである。」

ふうん、そんなものかなあ。タケシはふしぎな気がしました。そのとき、タケシはいいことを思《おも》いつきました。

すいとり神《がみ》は、まちがった勉強《べんきょう》をすいとると、おなかがいたくなるのです。

もし、タケシがまちがった勉強《べんきょう》ばかりしたらどうでしょう。ひょっとすると、すいとり神《がみ》が頭《あたま》の中からにげだすかもしれません。

よし！

タケシは、またかけ算《ざん》の九九をおぼえはじめました。もちろん、わざとでたらめにおぼえるのです。

「二、二が五。二、三が七。二、四が九。二、五、十一。二、六が十三……。」

思《おも》ったとおり、すいとり神《がみ》が悲鳴《ひめい》をあげはじめました。

「た、助《たす》けてくれ。いま、言《い》ったではないか。で、でたらめかけ算《ざん》はやめてくれ。」

けれど、タケシはやめません。

「三、二が七。三、三が十。三、四、十五。三、五、十二。」

「いたいよう。おなかがいたいよう。」

とうとう、すいとり神《がみ》がなきだしました。

「やい、すいとり神《がみ》。ぼくの頭《あたま》から出ないと、もっとでたらめかけ算《ざん》をおぼえるぞ。」

「わ、わかったぞよ。出る。出るからやめてくれ。」

急《きゅう》に頭《あたま》の中がすっきりしました。すいとり神《がみ》のなき声《ごえ》も聞《き》こえなくなりました。

「おい、すいとり神《がみ》、すいとり神《がみ》ったら。」

タケシはよんでみました。でも、返事《へんじ》をするものはいません。

へえ、ほんとにすいとり神《がみ》はぼくの頭《あたま》から出ていったのかな。

タケシは、ためしにかけ算《ざん》の九九をおぼえてみました。いままではでたらめかけ算《ざん》ではありません。おぼえた九九をもう一度《ど》口の中で言《い》ってみました。

「五、五、二十五。五、六、三十。五、七、三十五……。」

だいじょうぶです。みんなおぼえています。

「ばんざあい。」

タケシはおどりあがってよろこびました。

「さあ、思《おも》いっきり勉強《べんきょう》しよう。」

タケシはつくえの前《まえ》にすわりなおしました。

が、ふと、思《おも》いだしました。

「そうだ、今日《きょう》はおもしろいテレビがある日だったぞ。勉強《べんきょう》はテレビを見たあとでいいや。」

タケシは茶《ちゃ》の間《ま》にねころんでテレビを見ました。もうすいとり神《がみ》のばちも当《あ》たりません。

「そうさ、もうすいとり神《がみ》はいないんだもの。勉強《べんきょう》はあしたからしようっと。」

次《つぎ》の日、学校からもどるとタケシは、つくえの前《まえ》にすわりました。

「だけど、待《ま》てよ。あんまり勉強《べんきょう》すると、またすいとり神《がみ》がとりつくからな。今日《きょう》は遊《あそ》びにいってこようっと。勉強《べんきょう》はあしたから。」

タケシは公園《こうえん》に出かけました。

クラスの友《とも》だちもたくさんいました。

「タケシ、野球《やきゅう》しないかあ。」

友《とも》だちがタケシをよびました。

「オーケー。」

タケシは元気《げんき》よくかけだしました。

それにしても、すいとり神《がみ》はいったいどこへ消《き》えてしまったのでしょう。

ひょっとしたら、きみの頭《あたま》にとりついてせっせと勉強《べんきょう》をすいとってはいませんか。

那須正幹（なすまさもと）　一九四二年広島県に生まれる。主な作品に「ズッコケ三人組」シリーズ、『ぼくらは海へ』、『お江戸の百太郎　乙松、宙に舞う』（日本児童文学者協会賞）、『折り鶴の子どもたち』などがある。

出典：『２年の読み物特集』所収　学研　1976年（一部加筆）

お月さまの光《ひかり》がさしこむガラス工場《こうば》で起《お》きた、美《うつく》しくてふしぎなお話《はなし》。

ガラスの中のお月さま

作《さく》・久保《くぼ》　喬《たかし》

絵《え》・村田《むらた》エミコ

ガラス工場《こうば》のガラスのまどから、お月さまがさしこみました。

そのガラス工場《こうば》の中には、ガラスの板《いた》や、ガラスのびんや、ガラスの皿《さら》や、ガラスのはちや、ガラスのくだや、ガラスのつぼなど、いろいろなガラスで作《つく》ったものが、いっぱいならんでいます。

みんなでそれは千三百三十六もありました。そのガラスの一つ一つに、お月さまがうつっています。

なんとたくさんのお月さま。千三百三十六のお月さまが、生まれたのです。

「きらきら、つるつるっ、つめたいなあ、ガラスくんは。」

あちこちのガラスの中のお月さまがつぶやきました。

「ええ、つめたいのは生まれつきですよ。」

青白くてほっそりしているガラスびんが言《い》いました。それはやがて、病院《びょういん》へ行《い》って、薬《くすり》びんになるびんでした。

「でも、お月さまだって、つめたいじゃありませんか。」

と、ガラスの皿《さら》が言《い》いました。

「そうかなあ。」

「昼間《ひるま》いらっしゃるお日さまなんか、ほてほてっとしてあったかい

ですよ。」

「そうそう、まるであついくらいだ。」

と、ガラス板《いた》も言《い》いました。

「しかたがないよ。わたしの光《ひかり》は、こんな弱《よわ》い光《ひかり》だから。」

と、お月さまは、さびしそうな顔《かお》をして言《い》いました。

「でも、これで心《こころ》だけは、あったかいつもりなんだが。」

「そうかしら、ふふう。」

と、わらうような声《こえ》で、そう言《い》ったのは、向《む》こうのすみのガラスのはちです。花のもようのあるはちですが、ふちのところが、ぎざぎざした形《かたち》になっているためか、意地悪《いじわる》そうに見えました。

すると、そのとき、コトリ、コトリという音がひびいてきました。

ドアがすうっと開《あ》きました。

なんだか黒《くろ》いかげのような人間《にんげん》が入ってきました。体《からだ》をちぢめて、顔《かお》はきょろきょろとあたりをしきりに見回《みまわ》しています。工場《こうば》の人ではありません。

（あ、どろぼうだ。）

と、ガラスたちは、すぐに気がつきました。このごろ、ガラスどろぼうが多《おお》い――と、工場《こうば》の人たちが話《はな》しているのを、聞《き》いたことがあるのです。

ガタッ！　大きな音がしました。どろぼうがなにかにつまずいたのです。そのために、ががたがたがたと、ゆかの板《いた》がゆれました。

「ガチャ、ガチャ、ガチャ、ああ、あぶない。」

「こわれそうだわ。カチ、カチ、チリン。」

なき声《ごえ》を出したガラスもあります。

そのときです。急《きゅう》にさーっと、あたりが明《あか》るくなりました。お月さまの光《ひかり》がふしぎに強《つよ》くなってきたのです。

どろぼうはびくりとして、すぐにまわりを見回《みまわ》しました。

「あっ……。」

と、ひくいさけび声《ごえ》が、どろぼうの口から出ました。

自分《じぶん》とまるで同《おな》じような、たくさんのどろぼうがそこらにならんでいるのです。ガラス板《いた》にも、ガラスのはちにも、ガラスの皿《さら》にも、つぼの中にも、どろぼうがうつっています。

千三百三十六人のどろぼうがいるのです。

どろぼうはふるえだしました。それはガラスにうつったかげだということがわかっても、やっぱりおそろしかったのです。その人はぬすみをするのは今夜《こんや》がはじめてだったからです。

しばらくそうして立っていた人は、どう思《おも》ったのか、ふいにくるりと体《からだ》を回《まわ》して、ドアの方《ほう》へ向《む》きました。そして、なにもとらないで、そのまますうっと、ぬけでるように外《そと》へ出ていきました。

コトリ、コトリという足音も聞《き》こえなくなりました。

ほおっ、ほおっ――。

と、ガラスたちは深《ふか》いと息《いき》をつきました。

「よかったなあ、だれもとられなくて。」

「うん、よかったなあ。だれもこわされなくて。」

「お月さまのおかげだったな。」

すると、そのとき、お月さまがしずかな声《こえ》で言《い》いました。

「なによりもよかったのは、あの人がぬすみをやめて、悪《わる》い人にならずにすんだことだよ。」

それを聞《き》いたガラスのはちが、

「ああ、お月さま、さっきはごめんなさいね。ほんとうにあなたは心《こころ》の温《あたた》かい方《かた》でした。」

きら、きら、きらと、ガラス工場《こうば》のたくさんのお月さまも、ガラスたちも、みんないっしょにうれしそうに光《ひか》りました。

久保　喬（くぼたかし）　一九〇六年愛媛県に生まれる。主な作品に『光の国』『ビルの山ねこ』『かしの木ホテル』『歌をうたう貝』『少年の石』『赤い帆の舟』『南の島の子もりうた』などがある。一九九八年没。

出典：『日本幼年童話全集』所収　河出書房　1956年

いなくなったかい主《ぬし》を、犬のムサシとねこのマヨがさがしあるくというお話《はなし》。

ムサシとマヨとおっちゃんと

作《さく》・木暮正夫《こぐれまさお》

絵《え》・山口《やまぐち》けい子《こ》

帰《かえ》ってこないおっちゃん

あたりはもう、真《ま》っ暗《くら》でした。まわりの家《いえ》いえから、ばんごはんのおいしそうなにおいがただよってきます。そのたびに、ムサシの鼻《はな》はひこひこしました。

えさ入れはとっくに空っぽでした。ドッグフードのビスケットのかすものこっていません。

（はらへったなあ……。おっちゃん、どこへ行《い》ってしまったんだろ。今日《きょう》はどうして、帰《かえ》ってくるのがこんなにおそいんだろ……。）

ムサシがぼんやり考《かんが》えていると、庭《にわ》の生けがきの下の通《とお》りあなをくぐって、ねこのマヨが帰《かえ》ってきました。マヨは三毛《みけ》のめすです。

ムサシがおっちゃんにもらわれる三年も前《まえ》から、この家《いえ》でくらしていました。

まよいこんできたねこだから「マヨ」という名前《なまえ》がついたわけではありません。まよいねこだったことはたしかですが、子ねこのときからマヨネーズが大すき。それで、「マヨ」とよばれるようになったのです。

（おっちゃんがこの時間《じかん》まで帰《かえ》ってこないなんて、はじめてだよ。へんだねえ……。遠《とお》くへ行《い》ったりするときには、あたしたちのことを、向《む》かいの谷《たに》さんにたのんでいくのにさ。)

マヨがムサシに話《はな》しかけました。ムサシはもらわれてきて一年半《はん》の柴犬《しばいぬ》です。マヨはムサシのことをからかったりもしますが、弟分《おとうとぶん》のように思《おも》っていました。

(朝《あさ》とお昼《ひる》の間《あいだ》に出かけたきりだよ。ボク、こまるんだ。夕方《ゆうがた》の散《さん》歩《ぽ》の時間《じかん》を、ずいぶんすぎているからね。)

ムサシはマヨにうったえました。物心《ものごころ》がついたときから、マヨといっしょのムサシです。目と目や、ちょっとしたしぐさや、かんたんな声《こえ》のやりとりで、おたがいに話《はな》すことができました。

(わかる、わかる。あたしとちがって、ムサシにはくさりってものがついているから、こういうときやっかいよね。かわいそうだけど、もう少《すこ》しがまんよ。)

（うん……。）

ムサシはおしりをもじもじさせました。夕方《ゆうがた》からおしっこをがまんしているのです。ムサシたちのかい主《ぬし》のおっちゃんは、しつけのきびしい人でした。ムサシがハウス（犬小屋《いぬごや》）のまわりでそそう*をすると、小さいときからたたいてしかりました。

おっちゃんの名前《なまえ》は、岡本福市《おかもとふくいち》。ひとりぐらしですが、体《からだ》はどこも悪《わる》くありません。家《いえ》に近所《きんじょ》の子どもたちを集《あつ》めて習字《しゅうじ》を教《おし》えたり、市民《しみん》センターに出かけて、書道《しょどう》の先生をつとめたりしているおじいちゃんです。

（あたし、そのへんを調《しら》べてくる。この近《ちか》くでおっちゃんが行《い》きそうなところって、決《き》まっているもの。）

マヨはまた、生けがきの下から出ていきました。調《しら》べてくるといっても、ねこにはねこのなわばりがあるので、それほど遠《とお》くまでは行《い》けません。その代《か》わり、なわばりの中のことなら、なんでもわかっていいます。おっちゃんがお茶《ちゃ》をごちそうになる家《いえ》も知《し》っていました。いつまでも帰《かえ》ってこないと、マヨがむかえにいってまどからのぞいたり、戸《と》につめを立てて、早く帰《かえ》るようにさいそくしたりします。

でも、今夜《こんや》はむだ足でした。マヨは一時間《じかん》ほどして、とぼとぼもどってきました。

（近所《きんじょ》には、帰《かえ》ってきているようすがないよ。）

ムサシもマヨも、ひとばんじゅうよくねむれませんでした。くつの音がするたびに、おっちゃんではないかと、きき耳を立てていたからです。朝《あさ》になりました。おっちゃんはとうとう帰《かえ》りませんでした。

＊そそう…大小便《だいしょうべん》をもらすこと。

はらペコでクーともほえられない

ムサシはめったなことではほえないよう、おっちゃんからしつけられていました。

「弱《よわ》いやつほどほえるものなんだ。男は強《つよ》くなくてはならん。むかし、宮本武蔵《みやもとむさし》という強《つよ》いさむらいがいて、一度《ど》も負《ま》けたことがなかった。おまえも、武蔵《むさし》のように強《つよ》くなれよ。」

それがムサシの名前《なまえ》のいわれです。でも、この朝《あさ》だけは、ほえないではいられません。もう、おしっこがもれそうなのです。

……クウォーン、クウォーン……。

ほえるというより、助《たす》けをもとめるように鳴《な》きたてました。すると、向《む》かいの谷《たに》さんの家《いえ》のドアが開《あ》いて、パジャマすがたのえつ子ちゃんが出てきました。

「ムサシったら、朝《あさ》からうるさいわよ。どうかしたの？」

えつ子ちゃんは庭《にわ》に入ってきました。ムサシのよろこびようといったらありません。くさりいっぱいにかけだして、後《うし》ろあしで立ちあがると、もがくように前《まえ》あしをのばしました。

「あれっ、おっちゃん先生いないの？」

えつ子ちゃんはぬれえん*から家《いえ》の中をのぞきました。一年生のときからおっちゃんに習字《しゅうじ》を習《なら》っているので、家《いえ》の中のようすはわかっています。そのえつ子ちゃんの足元《あしもと》に、マヨがからだをすりつけていって、あまえた声《こえ》で鳴《な》きました。

「マヨもムサシも、おなかがすいているのね。先生、どうしたんだろ。ちょっと待《ま》ってて。」

＊ぬれえん…雨戸《あまど》の外側《そとがわ》にあり、雨や風《かぜ》の当《あ》たるえんがわ。

えつ子ちゃんは、うら口に回《まわ》って、古《ふる》いガラス戸《ど》を開《あ》けました。キャットフードやドッグフードがどこにあるかも知《し》っています。マヨはえつ子ちゃんにまとわりついて、はなれようとしません。

「はい、お待《ま》たせ。」

えつ子ちゃんはマヨにキャットフードのビスケットと牛《ぎゅう》にゅうをあたえてから、ドッグフードのビスケットの箱《はこ》をかかえてきて、ムサシの空っぽのえさ入れをいっぱいにしました。

（ビスケットより、ボクおしっこしたいんだよ！　くさりを外《はず》してよ！）

ムサシのけんめいなうったえは、通《つう》じました。さすがは、ムサシを子犬のときから見てきているえつ子ちゃんです。

「はずしてあげるけど、すぐに帰《かえ》ってきてよ。いい、わかった？」

MIL
CAT

くさりのとめ金《がね》を首輪《くびわ》からはずされたムサシは、はじかれたように庭《にわ》からとびだしていきました。えっ子ちゃんは家《いえ》にもどって、おっちゃん先生がいないことをお母《かあ》さんに話《はな》しました。

「ゆうべ、帰《かえ》ってきてないみたいだって？　おかしいわねえ。きのうは、市民《しみん》センターの教室《きょうしつ》へ書道《しょどう》を教《おし》えにいく日で、ちゃんとあいさつして出かけたのよ。四時半《じはん》には帰《かえ》りますからよろしくって。急用《きゅうよう》で、東京《とうきょう》の息子《むすこ》さんのところにでも出かけたのかしら。それならそれで、電話《でんわ》くらいあるはずだわ……。」

お母《かあ》さんは首《くび》をひねるばかりでした。市内《しない》の広《こう》こく会社《がいしゃ》につとめているお父《とう》さんも、

「なにか、かわったことがなければいいがな。とにかく、気をつけていてやるんだね。」

と、心配《しんぱい》しながら、会社《かいしゃ》へ出かけていきました。

いったい、「おっちゃん先生」の岡本福市《おかもとふくいち》さんは、どこへ行《い》ってしまったのでしょう。

じつはきのうの夕方《ゆうがた》、市民《しみん》センターから一人で、バスの停留所《ていりゅうじょ》へ歩《ある》いていくとちゅう、車にはねられてしまったのです。ちゃんと歩《ほ》道《どう》を歩《ある》いていたのに、オートバイをよけようとハンドルを切《き》りそこねた車が、歩道《ほどう》に乗《の》りあげてきて、おっちゃんを後《うし》ろからつきとばしてしまったのでした。

おっちゃんはかけつけたきゅう急車《きゅうしゃ》で、市《し》の西部《せいぶ》にある『みやま病院《びょういん》』へ運《はこ》ばれました。はねられたときのショックで、意識《いしき》がないままでした。住所《じゅうしょ》も名前《なまえ》もわかりません。そうしたことのわかる持《も》ちものも、身《み》につけていなかったのです。「気がつくまで、手当《てあ》てをしたまま待《ま》つしかない」と、いうことになって、病院《びょういん》のベッドにねかされていました。どこのだれかもわからないため、病院《びょういん》でもこまっていました。

おっちゃんがそんなことになっているなんて、えつ子ちゃんたちも知《し》りません。おっちゃん自身《じしん》、自分《じぶん》がどこにいるのか、気がついていないのです。

西《にし》の方《ほう》からかすかなにおいが……

おしっこをすませて、ムサシはすっきりした顔《かお》で帰《かえ》ってきました。ドッグフードのビスケットも食《た》べました。けれど、おっちゃんのことが心配《しんぱい》で、なんだか落《お》ちつけません。マヨも同《おな》じでした。

きのうはよい天気だったのに、雨がふってきました。マヨがムサシに話《はな》しかけました。

(おっちゃんをさがしにいってみようよ。)

(さがすって、どこへさ?)

ムサシは目できかえしました。向《む》かいの家《いえ》のえつ子ちゃんはもう、小学校に出かけました。急《いそ》いでいたので、ムサシをくさりにつないでいくのを、わすれていってしまいました。

(どこかわからないから、さがしにいくのよ。あたしのかんだと、おっちゃんはこのまま待《ま》っていても、なかなか帰《かえ》ってこない気がするの。ねえ、ムサシ。おっちゃんのにおいをたどりながら、さがしにいってみよう。)

雨がふりはじめているのに、マヨがこんなことを言《い》いだすのはよくよくのことでした。ねこは雨がきらいなのです。とくに、あしのうらがぬれるのがいやなのです。それに、なわばりの外《そと》へ出かけていくのも、勇気《ゆうき》のいることでした。なのに行《い》こうと言《い》うのです。ムサシとしても、ことわれるはずがありません。

（よし、行《い》こう。においをたどりきれるかどうか、わからないけど、じっとしていられないよ。）

ムサシはこしを上げました。においをかぎわける力は、犬のほうがねこより何倍《なんばい》かすぐれています。ムサシの鼻《はな》と、マヨのかんをたよりに、二ひきはおっちゃんさがしの旅《たび》に出かけました。

マヨはなわばりの外《そと》に出ると、ゆだんなくあたりに気を配《くば》りながら歩《ある》きました。ムサシはおっちゃんに散歩《さんぽ》させてもらっているので、家《いえ》から一キロメートルくらいのところまでは、どこになにがあって、どんな犬がいるか、だいたいわかっていました。おっちゃんのにおいは、西《にし》の方《ほう》から、かすかにただよってくるようでした。

（こっちへ行《い》こう。）

人や車の多《おお》い通《とお》りをさけて、ムサシはわき道《みち》に入りました。方向《ほうこう》さえわかっていれば、少《すこ》しくらい遠回《とおまわ》りになっても、きけんのない道《みち》のほうがよいからです。マヨはムサシについたりはなれたりしながら、道《みち》を急《いそ》ぎました。ムサシはときどきふりかえって、マヨがついてくるのをたしかめながらあしを進《すす》ませていきます。

フーッ！　シャシャーッ！

とつぜん、おそろしい声《こえ》がしました。マヨの前《まえ》にとびだしてきた黒《くろ》ねこが、からだじゅうの毛《け》をさかだてて、歯《は》をむきだしていました。マヨも、うなりかえしましたが、どっちが強《つよ》いかは明《あき》らかでした。マヨのほうがにげごしになっています。

ウンガーッ！

空気がはりつめきったとき、黒《くろ》ねこがマヨにおどりかかりました。せなかを見せたマヨの毛《け》が、ぱっととびちるのが見えました。マヨも黒《くろ》ねこもわめきながら、上になり下になり、はげしくもみあっています。ムサシはマヨを助《たす》けようと、黒《くろ》ねこの首《くび》すじにきばを立てました。

（にげろ！　マヨ！　いまだ！）

黒《くろ》ねこがひるんだすきに、マヨは走《はし》りに走《はし》りました。ねこが全力《ぜんりょく》で走《はし》ったら、ほんとうに速《はや》いのです。ムサシはマヨに追《お》いつくのに、ひと苦労《くろう》してしまいました。一気に四、五百メートルも走《はし》ったでしょう。心《しん》ぞうがやぶれそうでした。

ムサシとマヨは、川のふちでようやくほっとしました。川にそった道《みち》はサイクリングロードになっていて、人や自転車《じてんしゃ》がときどき通《とお》るだけでした。

(ああ、びっくりした。けがは?)

(平気《へいき》だよ。ちょこっとひっかかれただけ。おすねこならだまって通《とお》してくれるのに、めすどうしはなかがよくないの。さっきの黒《くろ》ねこは、とくに意地悪《いじわる》だったみたい。)

マヨは首《くび》を後《うし》ろに回《まわ》して、せなかのきずを調《しら》べました。たいしたことはありません。マヨを助《たす》けるとき、ムサシは黒《くろ》ねこに鼻面《はなづら》をひっかかれてしまいました。ぴりぴりします。

おっちゃんのにおいは、川の流《なが》れてくる方向《ほうこう》からただよってきます。ムサシとマヨは、川にそって行《い》くことにしました。きけんもふせぎやすいからです。

二頭《とう》ののら犬におそわれる

ムサシとマヨは、川岸《かわぎし》で草を食《た》べていたふしぎな動物《どうぶつ》に、目を丸《まる》くしました。大きくて、毛《け》が白くて、頭《あたま》には角《つの》がありました。くいにつながれているとわかると、マヨはわざわざすぐ近《ちか》くまで行《い》って、ながめてきました。ねこは好奇心《こうきしん》が強《つよ》いのです。

散歩《さんぽ》のとちゅうの、とんでもない大きさの犬にもおどろきました。チャウチャウといいうしゅるいの犬でした。ムサシが道《みち》をゆずると、

(やあ、どこへ行《い》くんだい？)

チャウチャウはぜいぜいとした年《とし》よりっぽい声《こえ》をかけていきました。犬は犬どうし、きけんな相手《あいて》かどうか、すぐにわかるのです。大きな犬は、小さな犬をいじめたりしません。ゆうゆうとしていま

した。

川にそって行《い》くと、川の上に橋《はし》のようなものがかかっていました。ムサシとマヨが見上げていると、カタンコトンとへんな音が近《ちか》づいてきて、今度《こんど》は、ゴゴゴゴーッ！

なにかが通《とお》っていきました。ムサシもマヨも、それが電車《でんしゃ》であることを知《し》りません。音のすごさにびっくりして、思《おも》わずかけだしました。

（おや……。）

しばらく行《い》くと、おっちゃんのにおいが、南《みなみ》の方《ほう》からもしてきました。こちらのほうが、少《すこ》しはっきりしています。ムサシとマヨはコンクリートの橋《はし》をわたっていきました。

しだいにはっきりしてくるおっちゃんのにおいに、ムサシはすっかり気をとられていました。このため、マヨに注意《ちゅうい》されるまで、後《うし》ろから二頭《とう》ののら犬がついてきたことに、気づきませんでした。

住《じゅう》たく地《ち》の公園《こうえん》のところに来《き》たときです。二頭《とう》ののら犬がムサシとマヨにおそいかかってきました。あらかじめ用心《ようじん》していたので、ムサシとマヨは、ぱっとふた手に分《わ》かれてにげました。木登《きのぼ》りのうまいマヨは、とっさにいちょうのみきにかけのぼります。

マヨをあきらめた一頭《とう》は、あとの一頭《とう》とともに、ムサシにつめよってきました。自分《じぶん》がにげるだけならかんたんですが、ここでマヨとはぐれたら、めんどうなことになってしまいます。

(来《く》るなら来《こ》い！　負《ま》けやしないぞ！)

ムサシは身《み》がまえました。のら犬はからだをひくくして、じりじりつめよってきます。一頭《とう》は耳のはしがちぎれていました。追《お》いつめられては勝《か》てません。ムサシは左からせまってくる強《つよ》そうな一頭《とう》に、こうげきをしかけていきました。いのししやしかを追《お》ってたたかった祖先《そせん》の血《ち》がそうさせたのです。ムサシのきばは、相手《あいて》のかた口をとらえました。

ギャウーン！

勝負《しょうぶ》はこのいっしゅんで決《き》まりでした。相手《あいて》が自分《じぶん》より強《つよ》いとわかれば、それ以上《いじょう》は食《く》いさがってきません。下げたしっぽをはさみこむようにして、にげさっていきました。やれやれです。マヨはそれを見とどけてからムサシにかけよりました。

（ムサシって、強《つよ》いね。）

マヨはまたまた、ムサシを見直《みなお》しました。まったく、たのもしい弟分《おとうとぶん》です。ムサシとマヨは住《じゅう》たく地《ち》をぬけて、にぎやかな通《とお》りに出ました。市民《しみん》センターに近《ちか》いバス通《どお》りです。

ムサシは間《ま》もなく、おっちゃんのにおいがいちばんはっきりしている場所《ばしょ》をかぎあてました。きのう、事故《じこ》にあったところです。でも、そこからがわかりません。おっちゃんのにおいと、薬《くすり》くさいにおいがまじりあって、ムサシの鼻《はな》をまよわせるのです。

ムサシとマヨがまごついていると、人だかりができてきました。

「首輪《くびわ》をつけているから、のらではないらしいけど、子どもにかみついたりしないかしら。」

「ほけん所《じょ》に知《し》らせて、つかまえてもらったほうがいいと思《おも》うな。この間《あいだ》も、近《ちか》くの学校でにわとりやうずらをとられているんだ。」

なにやら、ようすがおだやかでありません。ムサシはとっととかけだしました。マヨも、けんめいについていきます。雨がやんで、空が明《あか》るくなってきました。

バスの通《とお》りに出たことは、むだではありませんでした。おっちゃんのにおいと、薬《くすり》くさいにおいがいっしょになっているところを見つければよいのです。

薬《くすり》くさいにおいは、きゅう急車《きゅうしゃ》がのこしていったものでしたが、ムサシはそこまで知《し》りません。ただ、おぼえやすいにおいなので、たどりやすくなってきました。

ムサシとマヨは、手入れのいい住《じゅう》たくの庭《にわ》を横切《よこぎ》ってしかられたり、商店街《しょうてんがい》にまよいこんだりしながら、川ぞいの道《みち》にもどりました。

いつしか、夕ぐれどきになっていました。おなかもすいてきていました。家《いえ》をあとにしてから、どのくらい歩《ある》いたかわかりません。だいぶつかれてきていましたが、ムサシはマヨを元気《げんき》づけました。

（おっちゃんのにおいも、薬《くすり》くさいにおいも、すぐ近《ちか》くだよ。あそこじゃないのかな。）

それは、白っぽいかべの、三階《がい》建《だ》ての建物《たてもの》でした。団地《だんち》やマンションの建物《たてもの》ほど大きくはありません。ムサシとマヨは、庭《にわ》に入っていきました。げんかんには人がいます。『みやま病院《びょういん》』の受付《うけつけ》と、待合室《まちあいしつ》でした。ムサシはげんかんに近《ちか》づいて、おっちゃんのにおいをたしかめました。

おっちゃんはまちがいなく、この建物《たてもの》のどこかにいるのです。ムサシが思《おも》わずげんかんに入りかけると、白い服《ふく》に白いぼうしの女の人が、手をふりあげました。

「シーッ！　あっちへ行《い》きなさい！」

犬やねこは、よろこばれないところのようです。ムサシは庭《にわ》にもどって、マヨと相談《そうだん》しました。までの近《ちか》くに、三階《がい》の屋根《やね》までとどくヒマラヤスギがそびえています。

（あの木に登《のぼ》ったら、おっちゃんのいるところが、わかるかな。調《しら》べてみよう。）

病院《びょういん》のベッドでおっちゃんと再会《さいかい》

入院《にゅういん》している人たちの食事《しょくじ》の時間《じかん》も終《お》わってしばらくすると、病《びょう》院《いん》はしずかになりました。病室《びょうしつ》のベッドのおっちゃんは、長《なが》いねむりからさめました。だれかが、顔《かお》をなめるのです。

くすぐったいのと、むねのあたりが重《おも》いのとで、それをはらいのけようとして目を開《あ》けると、目の前《まえ》に犬の顔《かお》があるではありませんか。耳元《みみもと》で、ねこが鳴《な》きました。マヨでした。おっちゃんには、なにがなんだか、わかりません。

「……ムサシとマヨ。いったい、ここはどこなんだ。わたしは、どうしてこんなところにいるんだろう。病院《びょういん》のベッドじゃないか……。」

体《からだ》には、薬《くすり》を送《おく》りこむくだがつけられています。

「……そうか、思《おも》いだしてきた。あそこで、車にはねとばされたんだ。……しかし、おまえたちがどうしてここにいるんだ？　とにかく、おまえたちをかくさなくちゃならん。」

おっちゃんはマヨをベッドの中に、ムサシをベッドの下にかくすと、かんごしさんをよびました。

かんごしさんとお医者《いしゃ》さんがやってきました。お医者《いしゃ》さんがたずねました。

「気がついたんですね。よかった、よかった。むりに思《おも》いださなくてもけっこうですが、ご自分《じぶん》の名前《なまえ》と住所《じゅうしょ》が言《い》えますか？」

おっちゃんは、おこったようにこたえました。

「そのくらい、言《い》えないでどうします。岡本福市《おかもとふくいち》、六十二歳《さい》、家《いえ》は市内花泉町《しないはないずみまち》三の五。それよりも、ここはどこです？　わたしはいつからここにいるんです？」

病院《びょういん》の場所《ばしょ》を聞《き》いて、おっちゃんはおどろきました。家《いえ》から十キロメートルもはなれているからです。ムサシとマヨがどんなふうにしてここをたずねあてたのか、想《そう》ぞうもつきません。

「すまんが、花泉町《はないずみまち》の谷《たに》さんのところに電話《でんわ》をしてください。二四の六八四×です。わたしが入院《にゅういん》していることを知《し》らせて、ムサシとマヨをむかえにきてほしいとつたえてください。」

「ムサシとマヨって、だれのことです？」

そのとき、ベッドの中でがまんしていたマヨが、ひょこっと顔《かお》を出しました。ムサシもベッドの下からすがたを見せて、かんごしさんとお医者《いしゃ》さんに、しっぽをふりました。

「こ、これは、どういうことなんです！」

「どうか、しからんでやってください。わたしがゆうべから帰《かえ》らないので、さがしにきてくれたのですよ。十キロも歩《ある》いてですよ。ほめてやってください。」

おっちゃんがたのみました。

「しんじられないなあ。犬とねこがいっしょに、かい主《ぬし》の病院《びょういん》をたずねあてるなんて、聞《き》いたことありませんよ。すぐ電話《でんわ》してきましょう。」

間《ま》もなく、えつ子ちゃんの家《いえ》の電話《でんわ》が鳴《な》りました。八時《じ》をすぎたところでした。

「……えっ、ムサシとマヨがそちらに……。で、おっちゃん先生、いいえ、岡本《おかもと》さんのようすは……。はい、それはどうも。これからうかがいます。」

えつ子ちゃんはお母《かあ》さんの電話《でんわ》の話《はなし》に、もううれしくて、顔《かお》がくしゃくしゃでした。

「おっちゃん先生もムサシもマヨも、みーんな無事《ぶじ》だったんだ。ゆめみたい！」

でも、ゆめなんかではありません。お父《とう》さんが車のエンジンをかけました。車なら十五分《ふん》です。車はえつ子ちゃんもお母《かあ》さんも乗《の》せて、病院《びょういん》めざして走《はし》りだしました。

木暮正夫（こぐれまさお）　一九三九年群馬県に生まれる。主な作品に『また七ぎつね自転車にのる』（赤い鳥文学賞）、『街かどの夏休み』（日本児童文学者協会賞）、『日本のおばけ話・わらい話』などがある。二〇〇七年没。

出典：『３年の読み物特集』所収　学研　1989年

ふしぎだな

作《さく》・秋葉《あきば》てる代《よ》

三角形《さんかくけい》を二つならべると
どうして六角形《ろっかくけい》じゃなく
四角形《しかくけい》になるんだろう
ふしぎだな　ぼく

同《おな》じママから生まれてきたのに
どうしてぼくは男で
おねえちゃんは女なの
ふしぎだな　ぼく

絵《え》・岡本美子《おかもとよしこ》

ふしぎだな

世界《せかい》にたくさん人はいるのに
どうしてぼくはぼくで
ほかのだれでもないんだろう
ふしぎだな　ぼく
ふしぎだな　ぼく

秋葉てる代（あきばてるよ）　千葉県に生まれる。主な作品に『ハーブムーンの夜に』『１月のおはなし』などがある。

出典：ジュニアポエムシリーズ『おかしのすきな魔法使い』所収　銀の鈴社　1999年

へびの王子を助《たす》けたお礼《れい》に、ふしぎな力をもらったわか者《もの》のお話《はなし》。

へびの王子のおくりもの

旧《きゅう》ユーゴスラビアのお話《はなし》　文・八百板洋子《やおいたようこ》

絵《え》・井江《いえ》　栄《さかえ》

羊《ひつじ》かいとへび

あるところに、たいそうはたらき者《もの》の羊《ひつじ》かいのわか者《もの》がいました。

ある日、羊《ひつじ》のむれを追《お》っていくと、森のはずれからなにか、なくような声《こえ》が聞《き》こえてきました。わか者《もの》がふしぎに思《おも》ってそばに行《い》くと、そこは火がめらめらともえていました。そして、火の中で一ぴきのへびが、苦《くる》しんでいました。

「羊《ひつじ》かいさん、どうかわたしを助《たす》けてください。」

へびは、もえあがるほのおのけむりにまかれ、なく声《こえ》もかすれていました。わか者《もの》が長《なが》いつえをさしだしてやると、へびはそれをつたって、ほのおからにげだすことができました。

ところが、へびは、そのままわか者《もの》のうでにはいあがり、するするとわか者《もの》の首《くび》にまきついてしまいました。

「なんてことするんだ。助《たす》けてやったおんじんの首《くび》を、しめるつもりか。」

羊《ひつじ》かいのわか者《もの》は、真《ま》っ青《さお》になって、もがきました。

「羊《ひつじ》かいさん、こわがらないでください。わたしは、あなたにお礼《れい》をしたいのです。このまま、へびの王さまのおしろまで、わたしをつれていってください。わたしはへびの王子です。」

わか者《もの》は、首《くび》にへびをまきつけたまま、おそるおそる歩《ある》きました。

やっとたどりついたへびのおしろの門《もん》は、生きた大きいへびや小さいへびをあんでつくった門《もん》でした。へびの王子が門《もん》の前《まえ》で口笛《くちぶえ》を鳴《な》らすと、門《もん》がするすると開《あ》きました。

へびの王子が、羊《ひつじ》かいのわか者《もの》の耳に、小声《こごえ》で言《い》いました。

「父王《ちちおう》は、あなたにきっとたから物《もの》をお礼《れい》にあげようと言《い》いますが、あなたは、もっといいものをもらうのですよ。生きもののことばのわかる力がほしいと、たのむのです。父王《ちちおう》はいやがるでしょうが、あなたのたのみなら、かなえてくれるでしょう。」

わか者《もの》とへびの王子が、おしろに足をふみいれると、たくさんのへびが出てきてむかえました。へびの王さまは、息子《むすこ》の帰《かえ》りがおそくて心配《しんぱい》していたので、なみだを流《なが》してよろこびました。

「いままでどこに行《い》っていたのだね。」

「お父《とう》さま。わたしは、森で、もう少《すこ》しでやけ死《し》ぬところでした。この方《かた》が、ほのおの中のわたしを、助《たす》けだしてくれたのです。」

へびの王さまは、羊《ひつじ》かいのわか者《もの》に、なんべんもお礼《れい》を言《い》いました。

「息子《むすこ》を助《たす》けてくれて、ほんとうにありがとう。どうか、わたしのお礼《れい》を受《う》けとってください。」

「それなら、生きもののことばがわかるようになる力を、さずけてください。」

と、わか者《もの》は、へびの王子に言《い》われたとおりにたのみました。

「羊《ひつじ》かいさん、そのようなのぞみだけはやめたほうがいい。生きもののことばなどがわかったら、あなたは不幸《ふしあわ》せになってしまいます。それに、そんな力があることをだれかに話《はな》すと、あなたは死《し》んでしまう。ほかのたから物《もの》を、なにかさしあげましょう。」

へびの王さまは、羊《ひつじ》かいのわか者《もの》に、考《かんが》えをかえるようにさとしましたが、わか者《もの》はそれでも生きもののことばがわかるようにしてくれと、たのみました。

「しかたがありません。それほどまでにほしいなら、あなたののぞみをかなえてあげましょう。さあ、口を大きく開《あ》けなさい。」

へびの王さまは、羊《ひつじ》かいのわか者《もの》の口につばをはきました。そして今度《こんど》は、わか者《もの》がへびの王さまの口につばをはくようにと命《めい》じました。そうして、三べんずつくりかえしました。

「これで、あなたののぞんだようになります。しかし、どんなこと

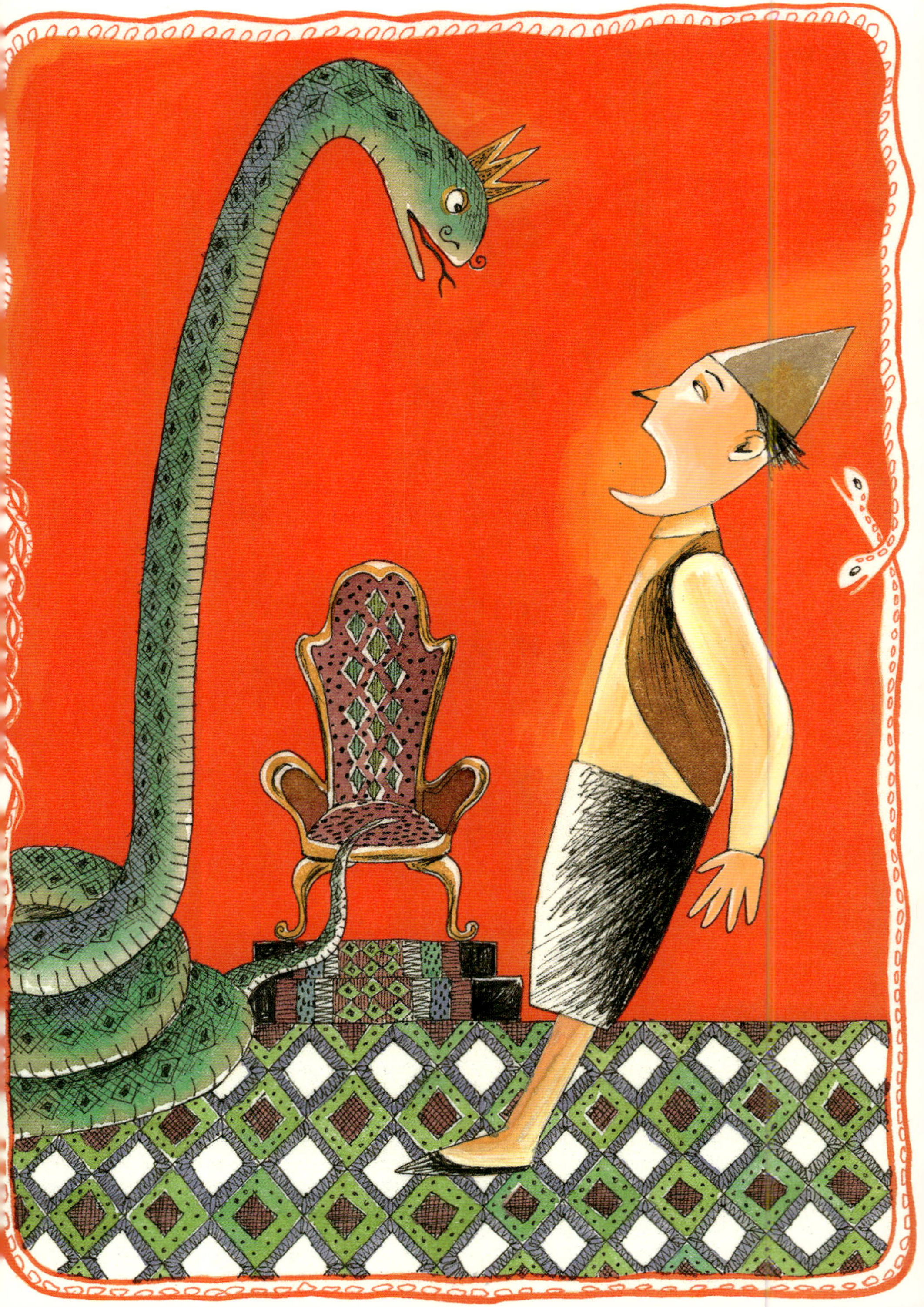

があっても、このひみつをだれにも話《はな》してはいけません。話《はな》すと、あなたが死《し》んでしまうので、気をつけるように。」

からすのことば

へびの王さまと王子に見送《みおく》られて、羊《ひつじ》かいのわか者《もの》は、牧場《ぼくじょう》に帰《かえ》りました。羊《ひつじ》の番《ばん》をしていると、そこに二羽《わ》のからすがとんできて、おしゃべりを始《はじ》めました。

「この羊《ひつじ》かいは、なにも知《し》らないんだね。」

「黒《くろ》い羊《ひつじ》のねている地面《じめん》の中に、あながあるのに……。」

「金貨《きんか》や銀貨《ぎんか》がぎっしりとうまっていることも、たから物《もの》がどっさりあることも、なにも知《し》らないんだね。」

「見つけたら、びんぼうなくらしともえんが切《き》れて、この羊《ひつじ》かいも運《うん》をつかむのだけど。」

羊《ひつじ》かいのわか者《もの》は、鳥《とり》のことばがわかるようになっていたので、うれしくなりました。それにたから物《もの》があるなんて、すごい話《はなし》ではありませんか。

わか者《もの》は、すぐに主人《しゅじん》に知《し》らせました。

「黒《くろ》い羊《ひつじ》の下に、もしかすると、たから物《もの》があるかもしれませんよ。」

二人が羊《ひつじ》の下の土を、ほりおこしてみると、そこには、ほんとうに荷馬車《にばしゃ》につみきれないほど、たから物《もの》がどっさりあったのです。

わか者《もの》の主人《しゅじん》は、心《こころ》の広《ひろ》い人でした。

「よかったな、これはおまえが見つけたんだから、全部《ぜんぶ》おまえのものだ。」

こうして、まずしい羊《ひつじ》かいのわか者《もの》は、たから物《もの》のおかげで家《いえ》をたて、かわいいむすめさんとけっこんをしました。わか者《もの》は、もともとはたらき者《もの》なので、羊《ひつじ》や牛《うし》はどんどんふえて、このあたりきっての、お金持《かねも》ちになりました。農場《のうじょう》も広《ひろ》くなり、羊《ひつじ》や牛《うし》やぶたの番《ばん》をする人もいます。

犬とおおかみのことば

ある日のこと。お金持《かねも》ちになった羊《ひつじ》かいのわか者《もの》が、おかみさんに言《い》いました。

「あした、羊《ひつじ》の番《ばん》をしている者《もの》たちのところに、ごちそうを持《も》っていってやりたい。どっさり作《つく》っておくれ。」

あくる日、二人は、いっぱいごちそうを持《も》って、羊《ひつじ》かいの小屋《こや》をたずねました。

「やあ、いつもご苦労《くろう》さま！　みんな、たっぷり食《た》べて飲《の》んで、歌《うた》っておくれ。今夜《こんや》は、わたしが羊《ひつじ》の番《ばん》をするから。なにも心配《しんぱい》しないで、すきなだけ飲《の》むといい。」

羊《ひつじ》かいたちが、おなかいっぱい食《た》べてねむってしまったので、わか者《もの》はひさしぶりに羊《ひつじ》の番《ばん》をすることになりました。

真夜中《まよなか》、羊《ひつじ》たちがねむってしまうと、牧場《ぼくじょう》で話《はな》し声《ごえ》がしました。おおかみたちがやってきて、羊番《ひつじばん》のわかい犬たちに話《はな》しかけているのです。

「おい、しばらくの間《あいだ》、見ないふりをしていてくれないか。おまえたちにも肉《にく》の切《き》れはしを分《わ》けてやるから。」

「ああ、早いとこ、やってくれ。おれたちも、たまには羊《ひつじ》の肉《にく》のごちそうの、分《わ》け前《まえ》をいただきたいよ。」

そのとき、年《とし》をとって歯《は》のぬけたよぼよぼの犬が、ワンワンほえたてました。

「おまえたち、なんということを言《い》うんだ。いいか、わしが一本でも歯《は》がのこっているうちは、羊《ひつじ》は守《まも》りぬくぞ。」

その犬がはげしくほえたので、おおかみはしかたなく森へ帰《かえ》っていきました。

わか者《もの》は、おおかみと犬の話《はな》すことを、すっかり聞《き》いてしまったので、次《つぎ》の朝《あさ》、羊《ひつじ》かいたちに言《い》いつけました。

「あの、年《とし》をとった犬は、よい犬だ。だいじにしてやってくれ。ほかのわかい犬は、ぼうでたたきのめしてくれ。」

「そんなひどいことを、どうしてするんですか。あの犬たちは、夜《よる》の間《あいだ》、おおかみから羊《ひつじ》を守《まも》ってくれているのですよ。」

羊《ひつじ》かいたちは、びっくりして言《い》いました。

でも、わか者《もの》は生きもののことばがわかるので、おおかみと犬の話《はなし》を知《し》っていました。

でも、羊《ひつじ》かいたちにそのことを話《はな》すことができません。

「いいから、わたしの言《い》うようにしてくれ。」

馬《うま》のことば

そうして、わか者《もの》は、おかみさんと二人で、牧場《ぼくじょう》から家《いえ》に帰《かえ》りました。わか者《もの》は、おすの馬《うま》に乗《の》り、おかみさんは、めすの馬《うま》に乗《の》りました。

けれども、おす馬《うま》は足どりも軽《かろ》やかに進《すす》むのに、めす馬《うま》は、ぜいぜい息《いき》を切《き》らし、おくれてしまいます。おす馬《うま》は、めす馬《うま》をしかりつけました。

「なんだ、だらしないなあ、しっかりしてくれよ。もっと速《はや》く歩《ある》けないのか。」

めす馬《うま》は、おす馬《うま》を見てつらそうに言《い》いました。

「そんなことむりよ。だってわたしは、三人も運《はこ》んでいるんですもの。」

「三人だって？　どうして……。」

「おかみさんのおなかの中には、赤ちゃんが入っているのよ。それに、わたしのおなかにも、あなたの赤ちゃんがいるのよ。重《おも》くて、そんなに速《はや》く歩《ある》けないわ。」

おす馬《うま》はそれを聞《き》くと、めす馬《うま》の歩《ある》く足どりに合《あ》わせ、自分《じぶん》もゆっくり歩《ある》きだしました。その話《はなし》を聞《き》いたわか者《もの》は、うれしくなり、大きな声《こえ》をあげてわらいだしました。まだおかみさんも、自分《じぶん》のおなかに子どもがいるなんて、なにも知《し》らないのだから、ゆかいでたまりません。

「あなた、なにをわらっているんですか。」

おかみさんは、ふしぎに思《おも》いました。

「いや、なんでもないことさ。」

「わたしは、わらったわけを知《し》りたいのですよ。」

おかみさんは、しつこく言《い》いはり、家《いえ》に帰《かえ》ると、おこりだしてしまいました。

「このひみつを、ひとに話《はな》すと、わたしはたちまち死《し》んでしまうのだよ。」

それでもおおかみさんは、聞《き》きたがってせめたてます。

わか者《もの》は、しかたなく話《はな》すことにしました。へびの王さまとのやくそくで、ひみつをもらすと、死《し》んでしまうので、土の中にあなをほり、その中に横《よこ》たわりました。

ご主人思《しゅじんおも》いの犬が、そのまわりで悲《かな》しそうに鳴《な》きました。わか者《もの》は、犬にパンをやりましたが、犬は食《た》べものなど見向《みむ》きもしません。

おんどりのことば

そのとき、おんどりがめんどりをつれてきて、パンをつつきました。

「こら！　ご主人《しゅじん》がたいへんなときに、食《た》べたりしてはだめじゃないか。」

犬がしかりつけると、おんどりは、わか者《もの》が土の中に横《よこ》たわっているのを、ちろっと見ました。

「人間《にんげん》の男は、なんてなさけないんだ。そんないくじなしは、勝手《かって》に死《し》ぬといいさ。おれなんか、めんどりがうるさいときは、羽《はね》でこうやって、ばしっとたたいてだまらせている。」

おんどりは、したがえていためんどりを、たたくふりをしました。

「まったく、自分《じぶん》のおかみさんがこわくて死《し》ぬなんて、あきれたよ。そんなおんどりは、どこにもいない。」

わか者《もの》は、その話《はなし》を聞《き》いて、土の中から立ちあがり、おかみさんに言《い》いました。

「話《はな》すとわたしが死《し》ぬのに、それでも知《し》りたいのか。そういう人とは、もういっしょにくらせない。どこへでも行《い》くといい！」

わかいおかみさんは、いままでわか者《もの》にしかられたことがなかったので、びっくりしてしまいました。そして、もう二度《にど》とわらったわけを聞《き》きたがって、さわいだりしなくなりました。

わか者《もの》は、めす馬《うま》が、

「わたしは、三人も乗《の》せてたいへんだ。」

とふうふう言《い》っていたことを思《おも》いだしました。

そして、いままでよりもいっそうおかみさんをだいじにして、家《いえ》の中の仕事《しごと》もどんどん手伝《てつだ》いました。

おかみさんも、朝《あさ》早くから起《お》き、くるくるとよくはたらくようになったということです。

八百板洋子（やおいたようこ）　一九四六年福島県に生まれる。主な訳著に、『金の鳥』、『吸血鬼の花よめ　ブルガリアの昔話』（日本翻訳文化賞）、エッセイに『ソフィアの白いばら』（産経児童出版文化賞、日本エッセイスト・クラブ賞）などがある。

出典：『お話びっくり箱２年㊤』所収　学研　2001年

アーファンティのとんちには、どろぼうもたじたじ。楽《たの》しい中国《ちゅうごく》のお話《はなし》。

アーファンティの物語《ものがたり》

中国《ちゅうごく》のお話《はなし》　再話《さいわ》・中《なか》　由美子《ゆみこ》

絵《え》・篠崎三朗《しのざきみつお》

どろぼうのお話《はなし》

アーファンティの村では、あまり金持《かねも》ちの家《いえ》のほかは、かぎをかけません。とくに、四十度《ど》をこえることもある夏《なつ》には、まども戸《と》も開《あ》けっぱなしです。

あるばん、アーファンティの家《いえ》に三人組《ぐみ》のどろぼうが入りました。どろぼうたちは、家《いえ》の中のものをごっそりふくろにつめたり、かついだりして出《で》ていきました。それに気《き》づいたアーファンティは、自分《じぶん》の部屋《へや》にあったものをかついで、あとについていきます。

かくれ家《が》についたどろぼうたちが、荷物《にもつ》をおろしたところへ、アーファンティも入《はい》っていきました。どろぼうたちは、ふしぎそうにたずねました。

「なにか、ご用《よう》ですかい。」

「おや、引《ひ》っこしを手伝《てつだ》ってくれたんじゃないんですかな。」

アーファンティは、すまして言《い》いました。

次《つぎ》も、どろぼうのお話《はなし》

しばらくたったあるばんのこと、アーファンティの家《いえ》にまたどろぼうが入りました。足音がしてはいけないと、どろぼうはくつをぬいで中に入り、金目《かねめ》のものがないかと、あちこちさがしています。

たいしたものなどないアーファンティの家《いえ》のこと、なかなかめぼしいものが見つかりません。

物音《ものおと》に気づいて起《お》きだしたアーファンティは、こっそりどろぼうのくつをかくしてから、大声《おおごえ》をあげました。

「どろぼうだあー。だれか、来《き》てくれえー。」

すぐに近所《きんじょ》の人たちがかけつけ、はだしでにげだしたどろぼうを取《と》りかこみました。

どろぼうは、はらが立ってきてどなりました。

「どっちがどろぼうだい。家《いえ》に入ったのは、おれだよ。だけど、くつをぬすんだのはこいつだぜ。」

またまた、どろぼうのお話《はなし》

またまた、あるばんのこと、アーファンティの家《いえ》にどろぼうが入りました。目をさましたアーファンティは、ベッドのそばにおいてあった、木箱《きばこ》の中にかくれました。

どろぼうが、アーファンティの部屋《へや》へ入ってきました。家《いえ》の中にだれもいないと知《し》ったどろぼうは、だいたんになって、手当《てあ》たりしだいに戸《と》だなや引《ひ》き出《だ》しを開《あ》けています。

「ちぇっ、このうちはなんにもねえな。がらくたばっかりだ。」

ふと、どろぼうの目が、木箱《きばこ》にとまりました。

「いい木が使《つか》ってあるぜ、この箱《はこ》。この中なら、いいものがあるかもしれねえ。」

ふたを開《あ》けたどろぼうは、びっくりぎょうてん。

「な、なんだ、てめえは。」

「いや、うちでいちばんねうちのあるものを、しまっておいたんですよ」と、アーファンティはすましたもの。

どろぼうはあきれて、にげだしましたとさ。

とりの丸《まる》やき

ある日、アーファンティは、ろばに乗《の》って町へ出かけました。昼《ひる》どきになり、食堂《しょくどう》に入って、とりの丸《まる》やきをたのみました。おなかいっぱいになり、お金をはらおうとしたとき、さいふをわすれてきたことに気づきました。さいわい、食堂《しょくどう》のおやじさんはアーファンティを知《し》っていて、

「今度《こんど》来《き》たときで、いいですよ。」

と、言《い》ってくれました。

そのあとしばらく、アーファンティは、町へ行《い》くひまがありませんでした。

何《なん》か月《げつ》かしてやっと町へ出かけ、食堂《しょくどう》によりました。

「おいくらでしたかな。」

とたずねると、「百元《げん》」とのこたえ。*

アーファンティは、びっくりしてしまいました。

「なんですと。最高《さいこう》のとりだって一元《げん》しかしないのに、百羽分《ひゃっぱぶん》とはどういうことですかな。」

「あのときから今日《きょう》まで、いったいどれだけのときがたったか、おわかりかな。もしあのとき、あんたがあのとりを食《く》わなきゃ、とりは毎日《まいにち》一つは、たまごをうむ。そのたまごをかえせば、ひよこがいっぱいうまれる。ひよこが大きくなれば、めんどりになって、またまたたまごをうむ。そのたまごをかえせば……。」

おやじさんの話《はなし》を聞《き》きながら、アーファンティはわらってしまいました。じょうだんを言《い》っているのだと思《おも》って、一元《げん》さしだしました。するとおやじさんは、アーファンティのえり首《くび》をつかんで、役人《やくにん》のところへ引《ひ》っぱっていきました。

*元《げん》…中国《ちゅうごく》のお金《かね》のたんい。げんざい、一元《げん》は、やく十五円《えん》。

その役人《やくにん》は、おやじさんの友人《ゆうじん》でした。うったえを聞《き》くと、すぐに*はんけつをくだしました。

「おやじの言《い》うことは、もっともである。百元《げん》しはらうように。」

「しはらいましょう。でも、時間《じかん》をください。朝《あさ》たいた麦《むぎ》がゆがありますんで、それを畑《はたけ》にまいて、来年《らいねん》の春《はる》に実《みの》りましたら、できた小麦《こむぎ》を売《う》って、ちゃんとおはらいしますから。」

「なにっ、金をふみたおすつもりだな。そんな言《い》いわけをして。麦《むぎ》がゆを植《う》えるなんて聞《き》いたこともない。」

と、役人《やくにん》は顔《かお》をしかめました。

アーファンティはにっこりわらって、

「お役人《やくにん》さま、あなたは丸《まる》やきのとりがたまごをうむと思《おも》われるんでしょう。麦《むぎ》がゆからめが出るのは、しんじられないとでもおっしゃるんですか。」
役人《やくにん》はことばにつまり、むっとしたまま、アーファンティをときはなちました。

＊はんけつをくだす…さいばん所《しょ》が、ほうりつにしたがってもめごとをさばいたり、つみのありなしを決《き》めたりして、ばつを言《い》いわたすこと。

中　由美子（なかゆみこ）　長崎県に生まれる。中国語の児童書の翻訳・研究家。主な翻訳作品に『ともだちになったミーとチュー』『パオアルのキツネたいじ』『学校がなくなった日』などがある。

出典：『お話びっくり箱２年㊤』所収　学研　2001年

お話《はなし》を読《よ》みおわって

日本児童文芸家協会元理事長
岡《おか》　信子《のぶこ》

読書《どくしょ》の苦手《にがて》な人にも、おもしろさをわかってもらいたいと考《かんが》えて集《あつ》めた十二編《へん》です。満足《まんぞく》できる、おもしろい作品《さくひん》に出会《であ》えたら、とてもうれしいのですが。勉強《べんきょう》は、おぼえることが目的《もくてき》ですが、読書《どくしょ》は、感《かん》じて楽《たの》しめばいいのですから、気に入ったお話《はなし》は、いくども読《よ》んで、これから先もずっと楽《たの》しんでください。

『小学生ときつね』……主人公《しゅじんこう》は、化《ば》けたきつねの正体《しょうたい》を人に知《し》らせようとして学校まで、休んでしまいました。一つのことにとりつかれて、ほかのことが考《かんが》えられなくなるとどうなるのか、このお話《はなし》を読《よ》むとわかります。

『ふしぎなバイオリン』……バイオリンひきのバイオリンが出会《であ》う、ふしぎなめぐりあわせの物語《ものがたり》です。バイオリンの音色《ねいろ》を、心《こころ》の中でかなでながら読《よ》んでみると、いっそう、深《ふか》く味《あじ》わえるでしょう。

『**ひとひと**』……手を通《とお》して、血《ち》と血《ち》が通《かよ》いあう、——人間《にんげん》どうしの、温《あたた》かでやさしいつながりをうたった詩《し》です。まわりの人と、あく手をしたり、手をつないだときのことを、思《おも》いだしながら読《よ》んでみてください。

『**愛《あい》のおくりもの**』……イタリアの話《はなし》ですが、ガロッフィと同《おな》じようなことは、だれにでも起《お》こります。まちがいを起《お》こしたとき、友《とも》だちのガルローネがいなかったら……、ほんとうの友《とも》だちとは？　広《ひろ》い心《こころ》とは？　など、考《かんが》えてみましょう。

『**ぎざ耳うさぎ**』……子うさぎが、いろいろなできごとに出会《であ》って、ひとり立ちするまでの物語《ものがたり》です。自然《しぜん》の中でのきびしい生活《せいかつ》を、わたしたち人間《にんげん》におきかえて読《よ》んでみると、たくさんのことがつたわってくるはずです。

『**がんばれ父《とう》さん**』……すきなたばこをやめたことで、父《とう》さんのいろいろなすがたが見えてきました。でも、人のほんとうのすがたとは？　幸司《こうじ》を通《とお》して、物事《ものごと》を、深《ふか》く見ることのたいせつさを気づかせてくれる物語《ものがたり》です。

『タケシとすいとり神《がみ》』……勉強《べんきょう》したことをすいとってしまう、とんでもない神様《かみさま》が登場《とうじょう》します。タケシはひどい目にあいますが、でも、すいとられるくらい、勉強《べんきょう》がすきになってみたくありませんか？

『ガラスの中のお月さま』……ガラスにうつった千三百三十六ものお月さまと、同《おな》じ数《かず》だけうつった、どろぼうを思《おも》いうかべることで、美《うつく》しいものと、みにくいものがくらべられます。最後《さいご》のお月さまのことばを味《あじ》わってください。

『ムサシとマヨとおっちゃんと』……たよりにする人が帰《かえ》らない不安《ふあん》、助《たす》けてくれる人があらわれたときのよろこびなど、ムサシとマヨの気持《きも》ちになって読《よ》んでください。病院《びょういん》をめざす二ひきのすがたは、強《つよ》く心《こころ》にひびきます。

『**ふしぎだな**』……この世《よ》には、ふしぎなことがいっぱいあって、あたりまえと思《おも》いこんでいることも、〝そういえばふしぎだな〟と気づかせてくれます。ちがう見方《みかた》をすることのすばらしさを、感《かん》じさせてくれる詩《し》です。

『**へびの王子のおくりもの**』……旧《きゅう》ユーゴスラビアにつたわる話《はなし》です。人間以外《にんげんいがい》の生きもののことばがわかったら、どんなにべんりでしょう。でも、多《おお》くの生きもののことばを知《し》って、人は幸《しあわ》せになれるのかをくみとってください。

『**アーファンティの物語《ものがたり》**』……どろぼうの三話《わ》も、〝とりの丸《まる》やき〟も、そのおかしさが、日本の『一休《いっきゅう》とんち話《ばなし》』と、よくにています。日本ととなりの国《くに》の中国《ちゅうごく》は、大昔《おおむかし》からのつきあいなので、わらいにも通《つう》じあうものがあるのでしょう。

選者　岡　信子（おか　のぶこ）　日本児童文芸家協会元理事長
1937年岐阜県生まれ。20代より童話創作を始める。代表作『花・ねこ・子犬・しゃぼん玉』（児童文芸家協会賞受賞）『はなのみち』（光村図書・一年国語教科書に掲載）など多数。

木暮正夫（こぐれ　まさお）　日本児童文学者協会元会長
1939年群馬県生まれ。代表作『また七ぎつね自転車にのる』『街かどの夏休み』『二ちょうめのおばけやしき』『かっぱ大さわぎ』など多数。絵本やノンフィクションも手がけた。2007年没。

表紙絵　スタジオポノック／米林宏昌　©STUDIO PONOC

装丁・デザイン　株式会社マーグラ

協力　入澤宣幸　勝家順子
グループ・コロンブス（お話のとびら）　とりごえこうじ（お話のとびら）　近野十志夫（お話のとびら）

よみとく10分

10分で読めるお話　3年生

2005年 3月13日　第1刷発行
2019年11月19日　増補改訂版第1刷発行
2020年 7月24日　増補改訂版第2刷発行

発行人　松村広行
編集人　小方桂子
企画編集　井上茜　矢部絵莉香　西田恭子
発行所　株式会社 学研プラス
〒141-8415　東京都品川区西五反田 2-11-8
印刷所　株式会社廣済堂

【編集部より】
※本書は、『10分で読めるお話三年生』（2005年刊）を増補改訂したものです。
※表記については、出典をもとに読者対象学年に応じて一部変更しています。
※作品の一部に現代において不適切と思われる語句や表現などがありますが、執筆当時の時代背景を考慮し、原文尊重の立場から原則として発表当時のままとしました。

【この本に関する各種お問い合わせ先】
- 本の内容については下記サイトのお問い合わせフォームよりお願いいたします。
  https://gakken-plus.co.jp/contact/
- 在庫については　Tel 03-6431-1197（販売部直通）
- 不良品（落丁、乱丁）については　Tel 0570-000577（学研業務センター）
  〒354-0045 埼玉県入間郡三芳町上富 279-1
- 上記以外のお問い合わせは　Tel 0570-056-710（学研グループ総合案内）

ここからは、本の後《うし》ろから読《よ》んでね。

きつねのめいろ
〈お話《はなし》のとびら⑥-⑦〉の答《こた》え

愛《あい》のおくりものならべかえクイズ
〈お話《はなし》のとびら⑨〉の答《こた》え

オ → ウ → イ → カ → ア → エ

お父《とう》さん絵日記《えにっき》を完成《かんせい》させよう！
〈お話《はなし》のとびら⑫〉の答《こた》え

1. ア　2. イ　3. ア　4. イ　5. ア

ムサシとマヨクイズ
〈お話《はなし》のとびら⑬〉の答《こた》え

1. ウ　2. イ　3. イ　4. ア

アーファンティの物語　181ページ

世界《せかい》のとんち話《ばなし》を読《よ》んでみよう！

「アーファンティの物語《ものがたり》」のように、主人公《しゅじんこう》がとんちを使《つか》って活《かつ》やくするお話《はなし》は、日本にもあるよ。知《し》っているかな。

一休《いっきゅう》とんち話《ばなし》

お寺《てら》につとめるかしこい一休《いっきゅう》さんが、とんちで相手《あいて》を「まいった」と言《い》わせるわらい話《ばなし》です。「このはしわたるべからず」の立《た》て札《ふだ》を横目《よこめ》に、はしではなく、真《ま》ん中《なか》をどうどうとわたるお話《はなし》などが有名《ゆうめい》です。

吉四六《きっちょむ》とんち話《ばなし》

大分県《おおいたけん》につたわる、ひょうきんな吉四六《きっちょむ》さんのお話《はなし》。だじゃれで人をやりこめたり、いばる金持《かねも》ちをちえでこらしめたりと、ゆかいなお話《はなし》がいっぱいです。

彦一《ひこいち》とんち話《ばなし》

熊本県《くまもとけん》につたわる、とんちで相手《あいて》とちえくらべをする彦一《ひこいち》さんのお話《はなし》です。『てんぐのかくれみの』は、てんぐをだまして、いたずらをするわらい話《ばなし》。うまくてんぐをだましたはずが……。さあ、どうなるのでしょう。

ふしぎだなを見つけよう！

「ふしぎだな」の詩《し》の形《かたち》を手本にして、自分《じぶん》の感《かん》じるふしぎなことを、詩《し》にしてみよう。

【れい】

同《おな》じ本を読《よ》んでいる　のに
どうして
人によってちがう
感想《かんそう》をもつの　だろう
ふしぎだな
わたし

□　のに
どうして
□
□　だろう
ふしぎだな
□

家族《かぞく》や友《とも》だちと
「ふしぎだな」と思《おも》うことを
話《はな》しあってみよう。

ふだん、あたりまえだと
思《おも》っていることも、見方《みかた》をかえると
「ふしぎだな」って
気づくことがあるね。

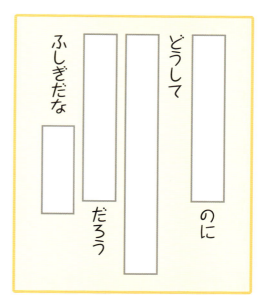

ムサシとマヨクイズ

犬のムサシとねこのマヨが、力を合《あ》わせておっちゃんをさがす、ちょっとほろりとするお話《はなし》だったね。クイズにちょうせんしよう。

1. マヨの名前《なまえ》の由来《ゆらい》は？

ア まよいねこだったから
イ 真夜中《まよなか》みたいに真《ま》っ黒《くろ》だったから
ウ マヨネーズが大すきだから

2. おっちゃんが教《おし》えているのは？

ア けん道《どう》
イ 習字《しゅうじ》
ウ そろばん

3. えつ子ちゃんは、なぜムサシの気持《きも》ちがわかる？

ア となりの家《いえ》に住《す》んでいるから
イ 子犬のときから見てきているから
ウ 自分《じぶん》も犬をかっているから

4. マヨが黒《くろ》ねこにおそわれたとき、ムサシはどうやって助《たす》けた？

ア かみついた
イ ほえた
ウ ひっかいた

答《こた》えは お話のとびら⑯へ

お父《とう》さん 絵日記《えにっき》を完成《かんせい》させよう！

幸司《こうじ》が、電車《でんしゃ》でのできごとを絵日記《えにっき》にしたよ。
あてはまることばを、それぞれアイからえらぼう。

○月△日
今日《きょう》は、お父《とう》さんたちと、
1（ア海《うみ》　イ川）へ行《い》った。
ぼくがお父《とう》さんに習《なら》ったのは、
2（ア犬かき　イクロール）だった。
帰《かえ》りの電車《でんしゃ》で、お父《とう》さんは
3（アゴムぞうり　イスニーカー）を
はいたわか者《もの》に注意《ちゅうい》した。
最近《さいきん》、たばこをやめて、
4（アあきっぽく　イおこりっぽく）
なったお父《とう》さんだけど、
このときは、かっこよかった。
でも、新《あたら》しく始《はじ》めた
5（ア英会話《えいかいわ》　イギター）は、
長続《ながつづ》きするのかな。

答《こた》えは　お話のとびら ⑯ へ

シートンが観察《かんさつ》した、うさぎのちえ

うさぎは、とてもかしこい動物《どうぶつ》です。自分《じぶん》のにおいやあしあとをたどって、犬《いぬ》やきつねがついてこないように、かわった歩《ある》き方《かた》をすることがあります。２しゅるいの歩《ある》き方《かた》を見てみましょう。

めちゃくちゃ歩《ある》き

いろいろな方向《ほうこう》に歩《ある》いて、自分《じぶん》のにおいをまわり一面《いちめん》につけます。こうすることで、どちらに向《む》かったのかを、わかりにくくします。

止《と》めあし歩《ある》き

自分《じぶん》のあしあとをぎゃくもどりして、とちゅうで横《よこ》にジャンプします。こうすると、自分《じぶん》のにおいがとつぜんとぎれて、あとをつけられなくなるのです。

『シートン動物記《どうぶつき》』には、ほかにも、動物《どうぶつ》たちのちえやきずなをえがいた作品《さくひん》がたくさんあるよ。読《よ》んでみよう。

ぎざ耳うさぎ　45ページ

シートンの見た、ぎざ耳うさぎ

ぎざ耳ぼうやの気持《きも》ちがつたわる、どきどきするお話《はなし》だったね。シートンは、まるで動物《どうぶつ》の目から見たように書《か》くことができる作者《さくしゃ》なんだ。かれが見つけた、うさぎのひみつを見てみよう。

わたしは動物《どうぶつ》のことばを、人間《にんげん》のことばにおきかえて、みなさんにつたえるよ。

アーネスト・トンプソン・シートン（1860-1946年）

動物学者《どうぶつがくしゃ》・画家《がか》・作家《さっか》。動物《どうぶつ》への愛情《あいじょう》にあふれた多《おお》くの物語《ものがたり》を生みだし、『シートン動《どう》物記《ぶつき》』としてまとめました。とくに『オオカミ王ロボ』や『名犬ビンゴ』、『子グマのジョニー』などが有名《ゆうめい》です。また、自然《しぜん》をほごする運動《うんどう》もしていました。

しっぽが白くて、わたみたいに見えるから、「ワタオ」って名前《なまえ》がついたんだ。

ぎざ耳うさぎは、ほんとうにいるの？

「ぎざ耳うさぎ」は、ワタオウサギというしゅるいの、ほんとうにいるうさぎをモデルにしています。シートンは、ワタオウサギのくらしのようすを長《なが》い間観察《あいだかんさつ》して、この物語《ものがたり》を書《か》きました。

愛《あい》のおくりものならべかえクイズ

さいしょはあやまることができなかったけれど、友《とも》だちに勇気《ゆうき》をもらって正直《しょうじき》になったガロッフィ。ア～カを、お話《はなし》のじゅんに、ならべかえよう。

答《こた》えは　お話のとびら⑯へ

小《お》川《がわ》未《み》明《めい》の作品《さくひん》をもっと読《よ》もう！

人のかなしみを見つめ、たくさんの作品《さくひん》をのこした小川未明《おがわみめい》。
ほかにどんなお話《はなし》があるか、知《し》っているかな。

▶ 小川未明《おがわみめい》（1882-1961年）

1200編《へん》もの童話《どうわ》を世《よ》にのこし、「日本のアンデルセン」とよばれています。日本でさいしょの創作童話集《そうさくどうわしゅう》を出しました。『ふしぎなバイオリン』や『野《の》ばら』などのほかに、『赤《あか》いろうそくと人魚』も、代表作《だいひょうさく》として知《し》られています。

野《の》ばら

大きな国《くに》と小さな国《くに》のさかい目《め》、そこは野《の》ばらのさく、平和《へいわ》な場所《ばしょ》でした。ここでなかよくなったのが、２つの国《くに》の年《とし》おいた兵士《へいし》とわかい兵士《へいし》。ところが、両国《りょうこく》の間《あいだ》でせんそうが始《はじ》まります。さあ、二人はどうなるのでしょうか。

月夜《つきよ》とめがね

月のきれいな夜《よる》、おばあさんがはり仕事《しごと》をしていると、そこにめがね売《う》りがあらわれます。なんでもよく見えるめがねを買《か》ったおばあさんのもとに、次《つぎ》にやってきたのは……。ちょっとふしぎで、美《うつく》しいお話《はなし》です。

▶めいろを進《すす》むじゅん

友《とも》だち → 鳥居《とりい》 → かし屋《や》 → とうふ屋《や》 → 女の子

答《こた》えは　お話のとびら ⑯ へ

きつねのめいろ

きつねをだますつもりが、いつしか……。
生徒《せいと》がきつねを追《お》っていったじゅんに、めいろを進《すす》もう。

あなたのお気に入りの、お話《はなし》はどれかな。
3つえらんでみよう。

12のお話《はなし》、読《よ》んだかな？

お話《はなし》の場面《ばめん》を思《おも》いだしてみよう。

小学生と
きつね

タケシと
すいとり神《がみ》

ふしぎな
バイオリン

ガラスの中の
お月さま

ひととひと

ムサシとマヨと
おっちゃんと

愛《あい》の
おくりもの

ふしぎだな

ぎざ耳うさぎ

へびの王子の
おくりもの

がんばれ父《とう》さん

アーファンティの
物語《ものがたり》

書《か》き方《かた》のれい

題名《だいめい》　タケシとすいとり神《がみ》

作者《さくしゃ》　那《な》須《す》正幹《まさもと》

読《よ》んだ日　20XX 年●月▲日

感想《かんそう》

　なぜ、すいとり神《がみ》はタケシにとりついたんだろう。それは、タケシが勉強《べんきょう》ばかりして、ほかのことに目を向《む》けないのが、気にかかったんじゃないかな。

　すいとり神《がみ》はこう思《おも》ったのかもしれない。

　タケシは頭《あたま》のいい子だから、どうしたら頭《あたま》から自分《じぶん》を追《お》いだせるか、すぐに気づくだろう。そして、すいとり神《がみ》を追《お》いだしたとき、いままでとちがう気持《きも》ちになるんじゃないのかなって。

おすすめ度《ど》　★★★★★

読《どく》書《しょ》ノートを書《か》いてみよう！

あとで見たときに、自分《じぶん》がどう思《おも》ったか
思《おも》いだせるように、読書《どくしょ》ノートを書《か》いてみよう。

じょうほうをまとめよう！

題名《だいめい》と作者《さくしゃ》、読《よ》んだ日を書《か》きましょう。
気に入ったお話《はなし》があったら、同《おな》じ作者《さくしゃ》のほかの作品《さくひん》も
さがしてみましょう。

感想《かんそう》を自由《じゆう》に書《か》こう！

思《おも》ったことを自由《じゆう》に書《か》きましょう。あらすじだけでなく、
どこがおもしろかったか、自分《じぶん》が主人公《しゅじんこう》ならどうしたか
など、自分《じぶん》の思《おも》いを書《か》いてみましょう。

使《つか》うノートは、
どんなものでもいいよ。
すきなノートを
使《つか》おう。

どのくらいおすすめ？

おもしろかったお話《はなし》は、
ほかの人にも
しょうかいしてみましょう。
すごくおすすめなら、★5つ。
少《すこ》しだけおすすめなら、★1つ。
おすすめ度《ど》を、星《ほし》の数《かず》で
表《あらわ》しましょう。

お話《はなし》のとびら

いろいろなお話《はなし》があったね。
お話《はなし》の世界《せかい》をもっと楽《たの》しもう!

絵《え》・マリマリマーチ